活字

the living word

the living word

图书在版编目（ＣＩＰ）数据

持灯者 / 牛庆国著 . -- 兰州：甘肃文化出版社，
2021. 12（2023. 2 重印）
ISBN 978-7-5490-2220-5

Ⅰ . ①持… Ⅱ . ①牛… Ⅲ . ①诗集—中国—当代
Ⅳ . ① 1227

中国版本图书馆 CIP 数据核字（2021）第 267287 号

持灯者

牛庆国 ｜ 著

责任编辑 ｜ 张莎莎
封面设计 ｜ 原彦平

出版发行 ｜ 甘肃文化出版社
网　　址 ｜ http://www.gswenhua.cn
投稿邮箱 ｜ press@gswenhua.cn
地　　址 ｜ 甘肃省兰州市城关区曹家巷 1 号　730030（邮编）

营销中心 ｜ 贾　莉　　王　俊
电　　话 ｜ 0931-2131306

印　　刷 ｜ 山东新华印务有限公司
开　　本 ｜ 787 毫米 × 1092 毫米　1/32
字　　数 ｜ 200 千
印　　张 ｜ 12.25
版　　次 ｜ 2021 年 12 月第 1 版
印　　次 ｜ 2023 年 2 月第 2 次
书　　号 ｜ ISBN 978-7-5490-2220-5
定　　价 ｜ 62.00 元

持灯者

牛庆国 著

甘肃文化出版社

目录

第二辑 秋天的铁锈

第三辑　时光的碎片

第四辑　草知道自己是草

第五辑 深处的风

第六辑 持灯者

第七辑 祖河传

第一辑

细数落叶

养 活

他们　为一个人省下口粮和水
他们　为一个人省下屋子和柴火
他们　替一个人忍受疾病和痛苦
他们　替一个人前仆后继出生入死
只因为　那个人曾许诺
要给他们写下诗歌

2019.3.27

遗　址

总感觉地下的白骨
一直在嚷嚷着什么
那些从白骨上长出来的植物
是另一种人类
大风起兮　白骨拥抱
大地上冷的时候
地下一定温暖
一口老井冒出的热气
那是地下的村庄
冬天升起的炊烟

2017.6.21

栅 栏

把耳朵贴在胸口 就听见鸡犬相闻

牛羊唤草

风把骨头的栅栏吹得咣当咣当地响

放一只鸡出来 在土里刨食 像你

放一只羊出来 在山坡上吃草 像你

放一头牛出来 在庄稼中走着 像你

只有一条狗 偶然挣脱缰绳跑出来一次

你惊慌失措 一路追赶 又把它拴了回来

你说它不像你

狗睡着的时候 月光就透进来

把一个人的内心照得山川起伏

2016.9.3

仰　视

你想有神　那里就有神
你想有故事　那里就有故事
当然　你想那里有座庙
那里就有座庙
你想阳光是福祉　月光是诗歌
那就是

2019.6.2

月 夜

独自走着

心里想着悲伤的事情

这是一个陌生的地方

没人知道我的过往

而大地朦胧

月光只够照到路上

就像担心我的人

他们只担心我 个人

我知道是谁把月亮打发来的

2017.8.26

倾　听

我听见落叶在路上轰鸣

我听见闪电在墙里奔突

我听见流星打碎屋顶的瓦片

我听见生锈的锁子对钥匙的拒绝

我听见有人在地下翻身　仿佛一直醒着

我听见日月的班车开出了村口

故乡已不在那里

2020.1.31

烟 花

有人在天上用力劈柴
身边是高高的柴垛

有人用大锤敲击铁板
敲击着天空不平的地方

也有人用镢头挖着天上的坚冰
还有人在云彩上做着钻木取火的事情

那些高兴的人们
让天空开满了大地上的花朵

2019.2.10

我不喜欢的

老眼昏花　昏花是我不喜欢的
白发似雪　这雪是我不喜欢的
满脸皱纹　皱纹是我不喜欢的
泥沙俱下　泥沙是我不喜欢的
生命里落满灰尘　灰尘是我不喜欢的
尤其是有些灰尘　明明就在那里
你却无法扫除　这是我更不喜欢的
那天　我站在风中　让风吹了一天
那天　我站在雨中　让雨洗了好久
那天　一个人风雨飘摇

2019.1.13

退出来

从风雪中退出来　是秋天　还是春天
从黑暗中退出来　是黎明　还是傍晚
从伤口中退出来　是愈合　还是撕裂
从迷途中退出来　是远方　还是出发的地方
从自己的诗集中退出来
就像一根刺　从肉中拔了出来

2019.9.27

灿　烂

那年陪你看烟花　寒冷
把节日的快乐冻在我们脸上
烟花升起　我们笑出了疼
但没有错过灿烂的机会
天越黑　烟花越好看
我们还闻到了火药的气息
广场上所有的人都不见了
我依然仰着头
不知道你什么时候离开了我

2020.2.19

火　柴

我不是那个卖火柴的小女孩

但我也有一盒火柴

划亮一根　照亮一个人

再划亮一根　照亮另一个人

能被一根火柴召唤到身边的人

他们多么寒冷

亲人们　请到我这里来领火柴吧

回去点亮你们的灯

或者燃一堆火

有些旧事　有些旧物

划一根火柴就能找见

然后把它们当柴火烧

但是请你们原谅

最后的几根火柴　我得留着

我要把自己多照亮几次

2019.1.3

羊

羊没来时　草长着

羊走过了　草还长着

草从不会因为被羊啃过

而停止生长

被羊咽到胃里的那些

只是在羊的胃里温暖了一阵

就像冬天　草躲进根里一样

接着　就从羊的身体里长出来

把一只羊　长成一堆白草

只是今年在山坡上吃草的羊

第二年有几只就不见了

我一直怀疑它们是被草吃掉了

当然羊不会明白这一点

2017.12.18

小地方

很容易与仇人狭路相逢的地方
很容易和朋友撞个满怀的地方

草和庄稼挤在一起　刺也挤在一起
它们与地边的树都沾亲带故

几间老屋　就是历史
跪下磕头的地方　风把大空吹得山高水低

一跺脚就听见四处都是咳嗽的人
那么长的梦　却一直都没能跑出边界

2020.6

想　起

想起春天　草木葳蕤
它们是否还记得那年的倒春寒

想起夏天　黑夜的烟囱里响着风声
那里有一段时间的秘密通道

想起秋天　父亲种下的那棵老柳树
在风中练习着飞刀　仿佛壮士

想起冬天　大雪之后　谁都没有来过
可门口留下一行脚印

想起杏儿岔的老宅子　有人没人
门楣上都挂着一盏褪色的灯笼

2019.9.28

想起一些人

在春天　我们都有出类拔萃的想法

有些集体主义　也有些个人主义

有一天　想起我们中间的一些人

我就扳着指头数了数

先是压下大拇指

再压下食指　中指　无名指　小指

把一根根指头压得卑躬屈膝

重新数一遍　先松开小指

再松开无名指　中指　食指　大拇指

让他们又一次直起腰来

当我把他们的名字一个个念出口时

忽然有些悲伤

2020.8.23

暖　阳

冬日暖阳　人群熙攘
河边的一块老石头前
卧着两条流浪狗
互相舔着身上的伤口
不惊　不吠　一脸安详
一副经过世事沧桑的模样
它们是怎么受的伤呢
河水无语　阳光无声
它们只专注于
同病相怜的这份温馨
后来　我看见它们
还在彼此的肩膀上拍了拍
但一直默默无语

2017.3.27

我的地图

伸开手掌　双手并拢
那就是一张地图
在那里　我能找到家的坐标
认出我的每一座山　我的每一条河
有时　用双手捂住眼睛
那是我在背诵它们的名字
手掌的冷暖　就是气候的变化
偶尔感到手心疼痛
一定是有人在家乡的山坡上想我

那个把地图交到我手上的人
就是把江山交给了我
并一再叮嘱　迷路时
就伸开手掌看看

2018.12.14

旧挂历

翻完一本挂历的最后一页
看见挂历下的墙
白得和以前一样

重新从第一页看起
在我做了标记的日子上停了停
有红笔记的　也有黑笔记的
还有一些是用铅笔记的
那都是些什么日子呢

新年的第一天　还在那个位置
我挂上一本新挂历

2017.12.24

过年了

过年了　搞一次大扫除吧
窗明几净　就是我的海阔天空

再把一些多余的东西扔掉
就像一次清场
过年了　我要领土完整

巡视屋子的每一个角落
就是走遍我的大江南北

摸摸浑身的骨头
就是慰问我亲爱的人民

看看书架上的那些大师
过年了　要给他们鞠上一躬

当窗外烟花满天　雪花遍地时
我们一定要在脸上挂些灿烂

2016.12.8

雪　后

雪后的清晨
那个在雪地上留下脚印的人
他是第一个从梦里跑出来的吗

我听见他在深呼吸
像是刚从窒息中透过气来
身体里正刮着大风

或许和我一样
也是一个被深度污染的人
渴望用清新的空气
把自己从内部一遍遍清洗干净

只是听他夸张的呼吸
像一棵大树

那人忽然回过头来

辽阔的雪野　一片寂静

此刻　还没有人跟上来

2017.4.13

想念阳光

好想去阳光下走走

她这样说时　眼睛离开我

向窗外望了一下

那里有我刚刚经过的阳光

正照在行人和草地上

可我没有带一缕给她

不能像一个农民　从田里回来

给她带一朵野花　或者一把蔬菜

我知道每个人的阳光　都不能搬动

记得有一年　我站在阳光下

泪水涌出了眼眶

我是走了好长的路　才走到阳光下

面对这个正在生病的孩子

我对她说　所有人的阳光

都在路上

2015.10.6

故　居

草不惊慌失措　也不喜出望外
墙角的一朵小花　穿了盛装
像要出门的样子

此刻　要是阳光哗地照下来会怎样
要是下点绵绵小雨会怎样
或者下一场鹅毛大雪会怎样
或者来一场大风会怎样

但这只是一个天空灰暗的下午
滞留在多年前的气息
还没有散去
忽然闯入的几个人
他们想走进历史

2016.11.6

正午时分

阳光的呼吸　多么均匀
一定有人在午睡

盘旋的蜜蜂
想在草丛里找到花粉
那么执着

忽然的鸟鸣
是一棵老树的呓语
也是向你打了一声招呼

再听　有人在窗户后面说话
仿佛往事

再后来　风就在他的身后
关上了老宅子的大门

2019.4.7

忽　然

忽然　一个词　击中了我
像暗器

忽然　想起一个场景　或者一个人
我就呻吟了一声

忽然　面对幸福
我泪流满面

忽然　我握紧了拳头
砸向自己的伤口

忽然　想起恩人时
同时想起了仇人

忽然　我会把灿烂的阳光
看成漫天大雪

2019.7.28

一个人的风雪

也许是怕我孤独

风雪前呼后拥

除了街灯　没有人会在这里等我

这是一座叫作会宁的小城

我曾留在这里的脚印

早已不知去向

但我知道　穿过这场风雪

就会走到我出生的地方

只属于一个人的一场风雪

它收藏了我太多的过往

后来我听见风雪走到哪里

哪里就有我的脚步声

2017.9.30

墙

最终使那堵墙倒下的
是堆在墙脚下正在融化的积雪

大地端走阴影里的灯盏
星光的冰雹砸向人间

又有一些人　走向无边的旷野
他们被称为孤儿

但我必须站住
在一堵墙的废墟上

2019.3.11

碑

有一部法律

从我的头顶一直写到脚底

我向它宣誓

但又常常触犯

我因此被一次次惩罚

用饥饿　寒冷　疼痛　悲伤

或者疾病

我被一次次关进自己的身体

但又一次次被放出来

我把偶尔出去旅行

看成是一次放风

以戴罪之身　混迹于人群

仿佛一块字迹斑驳的残碑

2019.3.19

黄　昏

天色慈祥

每个人抱着自己的落日

我们还在路上

辽远

苍茫

有人在悲欣交集中

倾听神谕

草木的呼吸里

有亲人的气息

那时　除了星辰喧嚣

没有大事

2020.2.16

灯 火

潜伏在夜色中的事物

都亮出了轮廓

一片灯火中　忙出忙进的人们

满脸庄重

他们知道　为了赶赴一个仪式

一个人已经辛苦了一生

但灯火之后　夜会更黑

一颗星

只照着一个人回家的路

我曾走进那里的灯火喧哗

又从孤寂的星光下出来

我记得　我在那里大哭过两次

2017.12.23

在河边

微雨长河
一个秋天深了

岸边的那两个人
他们的呼吸也深了

就像一个波浪牵着另一个波浪
牵着的手　忽然紧握了一下
仿佛得到了一种鼓励

或许幸福就是用来挥霍的
而痛苦才需要珍视

那时　大大小小的波浪
仿佛一条河内心的挣扎

2017.9.12

迎 接

铲除路上的杂草　铺上黄土
洒上干净的露水

请求道路宽阔　蓝天明亮
请求风
吹开路边的花朵
请求自己　回到年轻

请求圣洁的脚步　把阳光踩响
请求世界
默许人间的美好

当他在路边坐下
看见晨光中　走着诗神

2018.9.12

抵　达

一个字　抵达纸上
纸就包住了一团火

一阵风　抵达一卷经
佛就露出了笑容

一片犁铧　抵达土地
土地就把力气传给了牛

一颗星　抵达夜空
它看见了人世

2018.12.9

雪地上

喜欢在雪地上写一个人的名字
然后在大雪中奔跑
她以为那个名字就在身后追她
只是那天她哎哟一声滑倒在雪地上
隔着千山万水
有个人也哎哟了一声

2018.1.28

窗　户

行走在陌生的城市
你希望忽然有扇窗户打开
哎呀一声　认出你来
但到底会是哪扇窗户呢
此刻　你有万家灯火
还有满天星辰
而半轮明月　只是半扇窗户
只有等另外的半扇打开
才会探出一张深情的脸来

2019.10.14

一个人的地图

在他的地图上　他把一个地名
命名成一个人的名字
把另一个地名命名成另一个人的名字
并在两个地名之间
画上航线和高铁线
后来　还画上一条河流
从此　就有一个人逆流而上
去寻找源头
有时　他会把地图折起来
让一个地名和另一个地名
紧紧地贴在一起
让山温暖山　河温暖河

2017.9.29

童　话

阳光的灰烬　落满黄昏的角落

一盏油灯　在大风里点燃夜色

墙上斑驳的雨痕　长成树林和花园

粘满麦粒的月亮　跋山涉水而来

你在睡梦中　被神一次次救起

你对后来的孩子们说　小时候啊……

2020.2.8

出　没

牛羊出没的地方
人出没　野兽也出没
暮色中　他们有着一样的背影

日月出没的地方
星辰出没　神也出没
它们在风中都闪闪发光

风云出没的地方
雨雪出没　鸟也出没
它们都有着尘世的情怀

2020.4.30

指　认

我认出了小时候的我
在一张小学生的集体合影里
我说嗨　你认识我吗
我就是你　你就是我
但那个骄傲的乡下孩子
却对这个满头花发的城里人
不屑一顾
我知道　当一个人老了
但他并不是最初的那个人
那天　我对着小时候的我
说了声　对不起

2020.5

雪

有人提前到了春天
有人还滞留在秋天

没有人穿过的一场风雪
终年不化

当雪成为一个人的方向
一朵雪　就是一只脚印
一场雪　就是一个背影

那年与我擦肩而过的风雪
去了我的故乡

2020.5.17

有一个早上

身披霞光　像带着吉祥
我赶往半明半暗的村庄

那时　有人提着灯笼
在门口张望

一个很久都没看见日出的人
那天看见了日出时的悲壮

但从一个人的故事中抬起头来
那里已是落日辉煌

2016.8.30

黎　明

有人一夜没睡
有人到现在还没醒来

所有的门即将打开
所有的事都还没有发生

屏声静气
蓄势待发

第一个出门的人
抬头看见天上飘着几缕白发

2018.7.23

夕阳中

想起在一个人的影子里　你只是一年年长大
没有了他的影子　你就一天天变老

此刻　你的眼里闪着什么
夕阳就记住什么

此刻　一个人的影子像大地上的峡谷

2020.8.11

刀 鞘

多少年了　刀
已锈死在鞘中

拔刀　就会带出一条血路

多少年了　刀咬紧牙关
鞘立在风中

有一件事
他不想告诉任何人

2020.3.18

听　说

听说　一到冬天

那里的树就会掉光叶子

听说　刮一场大风

可以把每一个人都刮成骨头

听说　有人到了那里

惊呼这就是天边

听说　那里有很多诗人

诗比命重要

听说　在那里

可以遇到很多神仙

说出你的前世今生

听说　你有个亲人一直在西部

2017.11.12

山中即景

鹰把右边的翅膀一展
天就黑了
天亮时　鹰展着左边的翅膀

羊儿下山时　雪上了山
雪下了山时　草在山坡上叫唤

一朵野菊花在路边踮起脚尖
旋转　天地拍着巴掌

一个人走累了　把一只鞋垫在屁股下
裸着的那只脚　像钻出土里的田鼠

2004.8

傍晚即景

一个人站在窖台上
弯着腰
他要把藏在窖里的水吊上来

那时　山坡上下来一群孩子
仿佛来自春天的一把糖果
哗哗啦啦撒向村子

当炊烟从屋顶上升起
本想下雪的天空
那天忽然改变了主意

2012.7

一座废弃的旧羊圈

昼与夜
两只羝羊的闪开
这就是黎明

但在一个黄昏
我听见羊角与羊角碰在一起
青草在地下炸裂的声音

低矮的土墙　青草透圈
一只苍白的瘦胳膊
岁月一样忧伤

此刻　谁正探身于那里
一撮山羊胡子　风吹草动

2004.8

骑自行车的人

一个人骑着自行车　从高高的山坡上

俯冲下来

黑衣飘起　像一只大鸟

我想他一定没有刹闸

我好多年都没干过这么傻帽的事了

都到这个年龄了　我怕跌跤

但一只年轻的鸟是不怕的

那一刻　风嗖地穿他而过

而不是他穿过风

我担心他的身体会追不上他

只背一副骨头的栅栏

一直冲到生活的底部

但当他从我身边飞过时

我看他一脸的风霜

竟然比我还老

2004.8

一卡车树苗

一卡车的树苗
从春天的大街上通过
一卡车穿绿衣裳的小演员
要到山坡上去唱歌

我听过他们的歌声
我看见过他们舞蹈的样子
他们在车上向我们招手的情形
让我记忆犹新

不管他们将站在哪里
谁从树下走过
谁就是乘凉的后人
这样想时　我就在这个春天
被一卡车树苗感动

2004.8

在老家对面的山冈上

像一只蚂蚁
我爬上老家对面的山冈

我看见蔚蓝的天空下
一大群和尚在北风里念经

三五户人家　七八棵杏树
这就是我出生的地方

站在村口的父亲
他背后的内容　平淡而孤独
头顶上　一片又一片的白云
多像我当年包扎过伤口的绷带

八月的阳光
像铁丝　一道道把故乡勒紧

2008.5

太　阳

我把它说成灯笼　门口的路就清晰起来
我把它说成气球　一个孩子就在山间奔跑
我把它说成玉佩　风就吹向一个人细长的脖颈
我把它说成一块冰　冬天的河就捎来口信
我把它说成燃烧的煤球　火炉上的水壶就冒着热气
我把它说成灶口　所有的云朵就是柴火
但当我把它说成太阳时　它就仅仅是太阳

2021.6.14

书　空

可以把手指想象成木棍　刻刀　短剑　凿子
或者毛笔　钢笔　铁笔
可以把空气想象成黄土　沙滩　雪地　山崖
墙壁　木板　石头
或者一个人的手心　胸口　脊背　骨头
或者一张纸
可以想象满世界飞着你的笔迹
但有些字纠结在一起　你得慢慢把它们拆开来
有时看见你在大地上奔跑　那是你在追赶被风吹乱的
一个句子

2021.6.25

草

草是草的前辈
草也是草的后人

一棵草根　既是草的坟墓
也是草的家

草代表世界
但世界并不代表草

当黑暗淹没所有活着和逝去的人们
草依然漫山遍野　寻找被点燃的机会

2021.6.14

细　节

我忽略了你小小的快乐
也忽略了你小小的忧伤
更忽略了你小小的疼痛
就这样　我忽略了你的一生

我忽略了一朵小花在风中的摇曳
也忽略了一棵小草在初雪中的挣扎
更忽略了老牛在山坡上的一声长哞
就这样　我忽略了一座村庄

我忽略了一朵云怎样飘过天空
也忽略了春天从哪条路上来到人间
更忽略了风曾把月亮吹离了它的轨道
就这样　我忽略了这个世界
包括自己

2021.6.14

细数落叶

风的事情不好说
它要怎么吹　就怎么吹吧
风从来都不知道　每一片树叶
自带风暴

树下一块遍体鳞伤的石头
有的伤　就是被落叶砸的

那时　一个老人按照树的意思
正把地上的树叶收回去
她要在此后的冬天
细数落叶

2019.10.14

第二辑

秋天的铁锈

收　集

收集好阳光　收集好花瓣
收集好落叶
请用这些酿一坛好酒

收集好流星　收集好月光
收集好梦的碎片
请用这些造一架飞机

收集好闪电　收集好彩云
收集好鸟鸣
请用这些做一盏灯笼

收集好泪光　收集好叹息
收集好疼痛
请用这些熬一贴膏药

收集好日出　收集好落日

收集好山间起伏的歌声
请把这些交给上幼儿园的孩子

2020.8.16

身体考古

一定是身体中的森林着过大火
那天　你说出了神的语言

一定是寒流贯通过你的每一寸血管
一定是地震　让所有的骨头磕磕碰碰

台风登陆　海啸扑向高地
一块发炎的石头上　写着你的诗歌

极昼　日蚀正在发生
极夜　流星乱箭穿心

所有的疼痛　都有据可考
有创伤的地方　你做过修修补补的工作

2020.8.9

兰山辞

一年总有几次　我会望着一座山
想些什么　或者什么都不想
有时山也望着我　有时并没有望

有一次我爬到山顶　看到了更远处
想到那就是地球的表面
远山苍茫　一座座披着云的袈裟
心无执念

直到天黑　俯瞰山下的高楼
像一只只举起的巨大鞋底
布满密密麻麻的针脚
我无法辨认出哪一个窗户属于我

那时穿城而过的黄河　又一次涨了大水
带着沿途的泥沙和灯光
一条大鱼的脊背　宽广雄浑

此刻秋天已到　万物响应
留在山上的一切　都变了颜色
我又一次望见了山上的秋高气爽

2020.8.21

秋风帖

你知道秋风带着使命
但你还是要和秋风谈谈
在你藏好果实之前　别让叶子落下来
在你准备好过冬的柴火之前
别把雪吹到你的头上
秋天　好多事还有些仓促
要吹　就把春天没开的花　在秋天吹开
把一首写在秋天的诗　吹出斑斓的色彩
同时把一个人血液里黏稠的杂质吹走
把他心里层层叠叠的阴影吹散
让一个人在秋天像有些经历　但不沧桑
当然　你已经历过好多秋天
但还有一些秋天需要经历
你知道所有的秋风都是一场秋风
秋风和你达成的协议
必将写入大地的史册

2020.10.1

落叶曲

落到石头上的那一片
那不是一只蝴蝶落在那里

落在墙角的那一片
那不是一只麻雀落在那里

落在水面上的那一片
那不是一盏小小的河灯漂在那里

落在雪地上的那一片
那不是谁把一只荷包落在那里

落在月光下的那一片
那不是有人把一份遗书放在那里

落在闪电中的那一片
那不是天空的碎片掉在那里

落在窗台上的那一片
那不是有人把一张邮票贴在那里

落在门口的那一片
那不是一个人把叶落归根的脚印留在那里

其实　一棵树只不过是一口钟
一片落叶　只不过是一记小小的钟声

2020.2.11

草　根

刚刚出门　雪就又大了起来

没有人看见两个孩子在雪中拾柴

当然我们也看不见雪中的柴

就像那些年看不见的希望

但我们要刨开积雪去找

哪怕一根草　只要它曾经活过

就会在雪中留下蛛丝马迹

我们把夏天变冷的温暖

和秋天变黑的阳光　找了出来

它们是一些草根

它们可以长出火焰

但那一天我和弟弟都被冻伤

留在家里的妹妹也被冻伤

那天　父母顶着风雪去了远方

2020.5.27

面带慈祥

你没有活成你的爷爷奶奶的样子

也没有活成你的父亲母亲的样子

他们在走过的路上　给你留下了标记

你受过的苦难　比祖传的少

你遇到的幸福　比祖传的多

为了让你年老时　面带慈祥

身体的每一个部位　都被生活敲打

有些痛　你感谢提醒

有些伤　但不致命

你相信所有发光的事物

都有它的理由

或许将来的孩子会认为你多么可怜

但你认为这已经足够好了

2020.5.19

呀

忘记了是在哪个季节

有人横穿过风的河流

在天上行走   赤脚

踩着乱石和荆棘

我听见他呀地叫了一声

那时山坡上有一双看不见的手

把一只鞋子   呀地一声抛向天空

把另一只   也呀地一声抛了上去

但又一只只落了下来

一个上午   或者是一个下午

云朵仓皇   阳光忽明忽暗

看不出山坡有什么异样

只有一群大鸟   举着被风吹斜的翅膀

起起落落

那时   我在山下的院子里

守在亲人的身边
一直在想　那一声声呀是什么意思

2020.5.5

肩上的村庄

不是一间房子　而是一座村庄

山高水长　沟壑纵横

春天花红　秋天草黄

风吹灭灯盏　月光惊起狗叫

逝去的亲人　都睡在那里

他们深呼吸　说梦话

说着说着　我们就交谈起来

我看见星光　村庄安宁

我站在雨中　村庄湿透

我听见雷声　村庄战栗

我迎着风雪　村庄喊冷

日头碾出道路

草里长出庄稼

一杆唢呐　把天上的云吹来吹去

那是世界上最高的村庄

我用双肩扛着它　在地球上奔走

2020.4.6

雪　事

每逢大事　必降大雪
瑞雪兆丰年　丰年是大事
正月十五雪打灯　灯灭了是大事

雪天出生的孩子　第一声啼哭
绽开一树梅花　是一件大事

多年后　一个老人在雪天去世
大雪封山　杏花满地
是一件大事

原本在冬天才下的雪
秋天就已经下了　是大事
有时到了春天　雪还在下　是大事

有一个地方　你离开后
就下了一场雪　是大事

你要回去的时候　那里正下着雪

也是大事

雪的寓意　有些你懂

有些你不懂

懂与不懂　雪要下时　你都挡不住

有一场雪　在你心里下了好多年

有一场雪　好多年后才让你感到冷

有一场雪　是那么大的大事

如今　你习惯于在雪夜仰望天空

风雪背后的那些星星

是天上的一件件大事

2015.5.11

傻黄土

随便把什么扔给他　他都要

就像一个傻兄弟

随便在他那里取什么　他都给

就像一个傻兄弟

你让他铺路　他就是你的阳关道

就像一个傻兄弟

你让他打墙　他就是你的城堡

就像一个傻兄弟

你给他风　他就飞扬

你给他雨　他就给你长庄稼

其实　他就是一个傻兄弟

甚至当你去城里的时候

拍了拍落在身上的黄土

他也不知道你嫌他土气

当有人累极了　在黄土里睡去

他就傻傻地把人抱住

轻轻地叫一声傻黄土啊

就听见天高地远处

有那么多人在答应

2016.8.31

天边的黄昏

天上铺满了冬天的玉米秆
村中的水泥路上　也是
平铺着的黄昏中
地平线燃烧得像一根红铁丝
远远地在拦着什么
天边如此寂静
一个人穿过村庄　静静地走着
看不见的风
就想吹掉他身体里的尘埃
像庄稼　或者草木
或许他在远处大喊一声
就会把自己喊成一颗星星
在世人的眼里　那么高远
但他不敢惊动这里的一切
所有在这里站着的

都是被神允许了的
所有在这里平铺着的　也是

2017.11.11

冬日的荒草

又一次跪倒在冬天的杏儿岔
荒草就一下子扑到我的怀里
它们浑身战栗着
一句话也说不出来
只是一下下撞着我的胸部
而另一些　同样是荒草
从后面拍着我的肩头
想用它们干枯的手
把我从地上拉起来
那时　我眼里的阳光　像一场雾
铺满积雪的大地
我知道什么都不用说
后来　它们打了打我膝盖上的土
就站在了父母的身边
它们才是世上的好儿女

2018.12.14

在岔里

在岔里　每一个人都是一条路

每一棵草　每一只羊　每一头毛驴都是一条路

但在岔里　迷路是最常见的事　尤其是在夜里

数灯光是不行的　看星星也是不行的

有人走岔了路就往回走　却还是错了

有人一条道走到黑　竟然走到了大路上

有多少风　多少雨　多少雪

都在这里走岔过路

曾有人用卫星导航　想找找当年的一个老宅子

往前一千米　往后五十米　往左两百米　往右三十米

当手机提示目的地已到达时

却发现走到了他父亲的坟前

走在岔里　就是走在路的盘根错节处

所有的方向都是错的　也是对的

2020.10.28

幸福的诗

在这个春天　我写下幸福
冰冷和灰暗　就温暖和明亮起来
那些一直在心里沉默着的
就礼花一样绽放和欢呼起来

想想我的幸福
我就要写下侥幸　幸好　万幸
和幸运
这些让人热泪盈眶的词

再想想人类　他们多么悲壮
我必须写一首幸福的诗
像一堆篝火
在他们途经的路上

2018.1.19

姐　姐

摸着你的头　说好兄弟
抱着你的肩　说咱不怕
有姐姐的人　多幸福

有时候　想起那些我热爱的女人
真想叫她们一声姐姐
姐姐　你要原谅我

在这个拥挤的世界上
是你为我腾出了位置
让我替你活出个人样来
姐姐　你要原谅我

现在　父亲走了　母亲也走了
我只想抱着姐姐大哭一场
姐姐　你要原谅我

2018.3.25

村　史

四面的山上　埋着我的先人
面对巨大的祠堂　双膝跪下
我把一本诗集念给先人听
然后　我就要去城里了
就像当年祖先来到这里一样
但年头节下
我还会回到这里磕头

2017.6.3

喜　鹊

在城里搭个巢多不容易　我是知道的
两只喜鹊　在小区的树上安了家
我们就又住同一个村子了
它们几乎每天都向我问好
有时叽叽喳喳给我说些什么
是乡下的消息
还是城里的见闻或经历呢
偶尔我会看它们一眼　告诉它们
喜事我知道了　其他的也知道了
我不能让喜鹊失望和难过　更不能
让它们知道　我是从乡下逃出来的
一听见乡音　就惊慌失措

2020.2.22

春天的麻雀

我知道一只麻雀
在春天飞上一圈
还会回来
它内心的空旷
肯定大过一个村子

那么　一只麻雀
与一个春天
到底有什么约定呢

被它叫醒的那树杏花
像一件刚上身的花棉袄
此刻就站在村口最显眼的地方
有些羞涩

2005.1

秋天的铁锈

兰山的草　还绿着
但已经渗出了铁色
再过些日子　这铁就要锈了
就像这些树
穿上喇嘛红　或黄色的僧衣
仿佛刚从寺院里出来
走到山顶上的那几棵
把下午的太阳圈住
再圈一阵　太阳也要锈了
想起我对一个人说过
我要看着你一天天变老
这话　就有铁锈的味道

2017.11.6

天欲雪

灰了好久的天空　忽然亮了
就像一个人喜形于色

你摘下厚重的棉帽
向着天空长吁了一口气

空气开始潮湿
大地上的干草仰起头来

风也静了
是一场盛大仪式前的寂静

你知道雪快要落下来了
就像你想象的那样

2017.10.22

追 光

云缝里投下追光
一只黄鼠 立起身子看了看
又忽地钻入土中
像一个探子
接着是麦子在翻滚
一直在翻滚
而鸟群起落
到处都是风车
几个劳作的人 仿佛道具
谁是主角
我一直没有走到追光之下
而天空 只从它的门缝里看见
一个秋天 丰收在望

2021.5.13

风来自寂静

把自己混同于一捧蒿草

去山坡上坐坐

不打扰忧伤　也不干扰欢喜

更不打破那么长久的寂静

至于小花小草们是否可以互换位置

这是它们的事情

当然　风也不是因我而起

但我感到了风的浓度

带着人间所有情感和大地上所有色彩的风

我接受了其中的一部分

那时　好多好多的事

被风一吹　就都想起来了

风在经过的路上　把我的过往吹了一遍

也吹了吹老院子的房子

和父亲母亲的坟头

当无边的小草时光一样涌来
我知道它们代表着我的亲人

2021.5.20

生　日

一棵草也有生日
一棵树也有生日
它们的生日是不是一片山坡的节日

日月也有生日
星辰也有生日
它们的生日是不是整个天空的节日

就像一个人
他的生日　是一家人的节日

天气好　就生日快乐
天气不好　也要生日快乐

只是有些以前给你过生日的人
现在不能来了
他们躲在阳光下的阴影中

默默地给你祝福

年年有亲人给你过生日
你就比万物幸福

2017.7.6

羡 慕

曾经羡慕做一只麻雀
它有着那么小的食量
几粒草籽就可以扛过一夜

曾经羡慕做一头毛驴
白天再苦再累
晚上什么都可以不想

曾经羡慕做一条狗
叫或者不叫   只要主人在
别人都不敢打它

曾经羡慕做一棵小草
只要天上下雨
总有它的几点

现在离它们远了

才知道在杏儿岔
其实什么都不好做

2017.9.2

雷　声

雷声里春暖花开
雷声里秋收冬藏
谁听不见雷声
谁就是个天聋地哑的人

那个从雷声中走来
然后又跟着雷声走了的人
他把雷声
埋在了每一个岔路口

那一年我踩响了雷声
至今心有余悸

2018.12.15

一场雪

还在下吗

还在下

两个人看着窗外大街上的路灯

雪 像热锅上的蚂蚁

还在下吗

还在下

两个人看着乡下的灯光

雪 下得万水千山

还在下吗

还在下

2019.5.26 改旧作

清明节诗草

阳光清亮　草都醒了
花从思念中一朵朵走了出来

约定相聚的日子
一大早就有人上了山坡

打扫院落　门前栽树
亲人们表情肃穆

把疼痛说给一片土听
并给一棵树嘱咐点什么

一望无际的蓝天
蓝得让人总想掉眼泪

当人们从山上下来

身后背着苍茫的时空
那里住着无数的隐者

2017.7.17

一个秋天已经过去

刚除去绿衣的苞谷棒子
码在院子靠墙的地方
湿湿的　还有些嫩

一粒苞谷里的水分
比一滴泪还多
谁把苞谷掰得这么早

忍了再忍
水分就一点点干了
一粒粒苞谷开始变得坚硬

微笑是慢慢露出来的
那时一个秋天已经过去

2017.7.3

又一个秋天

风就这么吹着
云就这么飘着
阳光就这么无边无际地亮着
还有稍后黄昏的那片绛红
以及渐渐升起的群星
和山头上醒目的半圈月亮
它们的淡定
让人间所有的事情都只属于人间
秋天只与秋天有关

2016.9.19

打草时节

天空吹着秋风
云堆着草垛
一个秋天又开始了

树准备着斑斓
草准备着黄
落霜之前　有人光着膀子
跪在了草场边上

该飞的飞　该跑的跑
草啊　明年再长吧
今年的就要收了
天冷以后　牛啊羊的
它们都要吃草

哗哗扑倒的草们

又一次抱住大地
秋天的庄严　闪着光

2017.8.23

花　事

感谢春风的指引
那些迷路的花们
终于自己找了回来
一场盛大的花事
感天动地

那第一朵开口说话的
多年前我就认识
这是一片土地
和一朵花之间的秘密

那天　我见证了那么多蜜蜂
在大夏河边的劳作过程
它们是在替花朵们搬运
一部浩大的诗集

能分一些花粉给我吗

我只需要那么一点点就够了
就像蜜蜂每次带走的那么多
这是我第一次向一朵花请求

我听见花们的欢声笑语
像一座巨大的幼儿园

2017.5.8

河　流

泥沙俱下的时间
长发猎猎

奔走的人群里
压抑着雷声和闪电

浑浊是因为浑浊
清澈是因为清澈

有人说　带走吧
也有人说　留下吧

那时　我看见日落雪山
大河出走

那时　逆流而上的星辰
给一条大河重新命名

2018.11.29

苹果园

天蓝得战栗
鹰飞得慌乱
寂静的人间正发生着什么

风涌上大路
花奔向远方
我路过的村庄　飘着酒香

载着夕阳的马车
碾出河流的声响
秋天的尽头　灯火辉煌

那里住着伏羲和女娲
他们长着苹果脸蛋的女儿
今天出嫁

2018.11.27

一条路

其实还是那条路
过了沟沿　过了河边
从悬崖上走了过去

其实还是那条路
绕过一道山梁
再绕过一道山梁

其实还是那条路
一头牵着日出
一头拴着月光

其实还是那条路
从庄稼地边上过去
路边上站着两行树

其实还是那条路

只是所有记忆的脚步
却都在野草下奔走

2020.12.26

算 账

算算账吧

一个人一生吃过多少粮食

包括野菜

经过多少苦难

不算感冒　胃痛　拉肚子

但要算上悲伤和痛哭的日子

做过多少好事

算上对乞丐扔过一个硬币

做过多少错事

算上对谁怦然心动

而愧对家人和自己

有多少次悔恨交加

又有多少次暗自庆幸

有多少次求上苍保佑

又有多少次对命运感激涕零

当这一切过去

幸福加上幸福

不幸减去不幸
高尚乘以高尚
卑贱除以卑贱
预算和结算差了多少
我知道那些算过账的人
一个个都守口如瓶

2017.9.10

落叶集

1

秋天就该背回家的玉米秆
春天了　还在地里
它们抱团取暖　熬过了一个冬天
可再熬　也熬不回去年的样子
种这片地的人　家里一定出什么事了

2

老房子的台阶下
一蓬枯草里　又钻出一簇绿来
枯草是青草的窝
有草生长的地方就不能叫空

3

炕上的铺盖都被卷了起来
坐人的地方　现在坐着玉米
金黄的微笑　那么熟悉
可我除了把它称为玉米
不能再称呼成别的

4

一棵白杨树欢欣鼓舞的时候
路边的小草也载歌载舞
它们一直在那么长的时光里
等我

5

当我从风雪中回来
用冻僵的双手把火炉抱住
手就被灼伤了
这样的傻事　我做过不止一次

6

这几年　我不再悲伤
我已经为好多悲伤的事
悲伤过了

2017.9.27

一组旧照片

1

一条很旧的旧河
一个不算很旧的旧人
水在拐弯处回头看了一眼
看我在河边拍了一张照片
岸　可以叫作崖
水　可以叫作汤
人　可以叫作游子
而河滩上的青草　可以叫作时间

2

这么深的沟壑　草指出一条路
我拽着草下去
再拽着草上来
草不明白　所谓河源

只是从土里渗出的一点苦水
到底有什么看头呢
但那天我的确很想去看看
看看　想想
拍张照片带走　仅此而已

3

重点是那条山路
其实更像一条河
一个人逆流而上
一个村子的记忆就顺流而下
当然还有风
此刻　风只朝着一个人吹
仿佛要吹掉附加在他身上的所有
看他像不像一个赤子

4

早已褪色的门神
威仪还在

站在自家的大门口
我可不可以进去

直到喊出对亲人的称呼
风才替我推开木门

5

午饭时间　炕桌上空着
脱鞋上炕　炕是凉的
屋里的人都去了哪里呢
难道他们不知道我今天回来
把围着这张炕桌吃过饭的人　挨个念叨一遍
窗户里照进来的阳光
就把桌子又抹了一遍

6

站在上房的屋檐下合影
我们空出中间的两个位置
也空出大哥身边的位置
没有人提醒我们靠拢一点
那就照吧
不在的人　其实早就来了
只是他们等不住我们　又走了
那就照吧　风已替他们站在了我们中间
当我们离开时　听见风还在院子里忙着

7

一片打麦场　麦子睡过的土炕
如今麦子不知去向
只留下陈年的草垛　和一只沉默的碌碡
守住小小的空旷
我来的时候　满场的野草都欠起身来
它们中间没有一棵麦苗
但坐在场边的碌碡上　我只要咳嗽一声
风就带来麦地的消息

8

去父亲母亲的坟前看了看
看他们种了这么多的小花小草
像这个季节的花圃
当我深深地低下这颗头发花白的头颅时
几棵小草就在我耳边说话
仔细一听　它们说父亲安好　母亲安好
我向它们点头致意
并给它们拍了一张"全家福"
它们知道　我会把它们记在心里

9

这是蒲杏学校　是我上过学的地方
但校舍已经翻新
我留在这里的少年时光痕迹全无
有几棵老白杨树在操场边上站着
但它们都不认识我
仰头看了看　枝条已被天空压弯
密集的叶子　像一教室的孩子
看着来了一个陌生人
可不可以给它们讲讲我这些年的经历呢
正赶上一个星期天　学校里只有一个女教师
聊了聊　她是我小学同学的女儿

10

王庙中学已经搬迁
现在这里只是一片麦地
麦苗青青　仿佛青春
路边上过来几个人
老半天才认出我来
他们是学校周边的村里人
说每年总有人来找学校
他们都在这片地边上坐过

也有人说起当年的那个年轻老师

11

这是杏儿岔的全景——

阳光照亮空旷
清风吹向寂静

推开往事的大门
所有的亲人都在

2021.5.30

第三辑

时光的碎片

在公交车站

等等吧　你要坐的车还没有来
你注意到过去了一辆救护车
过去了一辆消防车
过去了一辆警车
还有一辆工程抢险车
这是些焦急的车　鸣叫着　奔跑着
让别的车感到不安
还过去了一辆殡葬车　亮着前灯
在堵车的时候　亮了亮尾灯
一直默默地移动着　一声不吭
当看到一个婚礼的车队经过时
你想今天是个好日子
车上扎着鲜花　飘着气球
车里的人胸口别着红色的喜悦
偶有别的车挤进来　又被挤了出去
当然更多的是公车　私车　出租车
还有公交车

它们是车世界里的芸芸众生
而人行道上　有人正推着婴儿车
在十字路口　抬头看了看红绿灯
但你要坐的车还没有来

2020.10.18

想起剑客

有人看见他在古代的街头

蘸酒磨剑

剑都流出血来了

但他还在磨

就像磨自己的一根骨头

举起剑看了看

阳光在剑锋上的跳动　多么危险

又用大拇指试了试

足可削铁如泥了

一个秋天　到处闪着寒光

想象中　仇人已多次人头落地

但他依然剑不离手

那天　看见他磨剑的动物

掩饰着心里的慌张

剑的光芒　照亮阳光照不到的地方

只是在他出剑之前　仇人已死去多年
一个人辜负了一把剑
剑一直恨他

2017.4.17

两根白骨

在敦煌以西的魔鬼城
我被两根尖叫的白骨
喊住

它们大半截身子埋在沙里
只露出骨头的一端
拼命朝着对方

沙在它们之间淹来淹去

当它们在我手里相碰
像两个人　瘦肩靠着瘦肩
谁的肩膀在颤抖

难道骨头在地下也会变成蚯蚓
爱在寻找　恨也在寻找

此刻　如果遇见一个白发老汉
我就会把粗大的那根送他当手杖
如果是个美妇人　就把纤细的那根
别在她的发髻上

我要亲眼看看
两根活着的白骨
一根
去寻找另一根

2006.7

冷

小酒馆里只剩下我们几个人了
他忽然撩起自己的后背
让我看那里的一处刀疤
显然 现在已经不疼了
但我还是倒抽了一口凉气
他说 那时只感觉冷 冷得发抖
捂住伤口 就像捂着火炉的火口
他怕体内的火全部跑掉
包括爱情
直到后来有人把他抱走
他是一位诗人
脸上始终洋溢着浪漫主义的光芒
但在座的几位 却不由自主
都伸手去摸自己的后背
有人一定摸到了皮肤下的刀口
后来 我们就抱着自己的双肩

从酒馆里摇晃着出来
一个个被夜色抱走

2017.6.20

花开了一半

刚刚懂得幸福和忧伤
一个 17 岁的女孩
她管不住自身的清香

花开了
就是花被自己的美和香
撑破了

站在草坪上的紫丁香
朝着窗户的那边　花先开了
像偏爱　让一个人受宠若惊

而另一边呢
或许还要等到那微笑
慢慢转到身后

穿着蓝色工装的花工

我看见他挑剔的目光

在春天　也慢慢温暖起来

2004.12

祝 福

街边的风景树下

一对热恋的年轻人 在接吻

幸福 可以让他们旁若无人

但作为一个过来人

我却忽然有些伤感

不是因为自己老了

而是因为自己也曾年轻

青年之后是中年 中年之后是老年

谁能把热恋坚持一生

好长好长的一段路 还在以后等着他们

年轻人 好好地爱吧

我真怕自己沧桑的目光 会打扰了他们

此刻 一场温暖的大雪

正在他们头顶的天空集结

2017.3.6

街上打电话的人

下班回家的路上
我前面走着一个民工
工装上粘着土和油漆
他把手机按在安全帽下
高声打着电话
就像走在自家的田间地头
　　作业写完了吗
　　　嗯　嗯　嗯
　　　爸爸真高兴
他站住了　抬头看着天
他以为高兴就应该这样
接着　他又开始走了
　　　嗯　爷爷呢　奶奶呢
　　　妈妈呢
这时他低下头　低了又低
仿佛这样就可以压低城市的噪音
　　　嗯　爸爸不辛苦

爸爸不辛苦

……

望着他并不宽大的脊背
我不知道他心里装着多少温暖
他说出来的关切和幸福
让一座城市的迎春花全都开了

2017.4.15

楼下的三个女人

听得出那三个女人
一个是东北的　一个是甘肃的
一个是河南的
早上九点钟
站在楼房后各自租住的平房前
用各自的方言
说昨夜的梦　说城里的菜
听得出　两个老的是母亲
是跟着打工的儿子来给孙子做饭的
年轻的一个是妻子
她的丈夫早上骑一辆摩托车出去
很晚才回来
她们住在低处
但她们说的每一句话
却被高处的人听得清清楚楚
我怀疑我每天说的话
也会被高处的人听见

有一天中午　她们坐在门口
争论着一件事时
我站在九楼的阳台上

2014.6

有一个学生来看我

拂去岁月的灰尘　仔细辨认

我叫出了他的名字

现在的他比当年的我老了二十岁

但他还叫我老师

肩已拍过了　手也握过了

那就喝喝茶　聊聊天吧

不管从什么时候谈起

我们都不谈白发　皱纹

还有驼背

说说过去　我把好多事都忘了

忘了的　或许不曾发生

只有记住的　才与我有关

说到现在　我知道的很少

不管他们各自经历了什么

我们都叫作人生

而老师　可以被当做一个传说

或许该说些诗云子曰之类的话了

可我一句都没有说
我怕一开口 就老到古代去
当我送他到门口的一棵树下
我说 请代问见到的每一个同学好
就听见花朵在树的内部 一片欢呼
就像下课的钟声刚刚响过

2017.12.31

旧情节：校园的毛背心

那年秋天　我们爱上了毛背心
小梁老师穿的那件　是一个姑娘送的
红红的毛背心　绒绒的毛背心
在校园里晃来晃去
晃得大家的眼里都红红的
后来　小张老师死乞白赖
非要小梁老师借他穿上三天
于是　小张老师穿了三天
小李老师穿了三天
我也穿了三天
眼看冬天就要来了
小梁老师说那件毛背心送给我了
因为那姑娘已嫁人了
我说小梁你骗人
但小梁老师的眼泪
已从他深深的眼窝里出来了
我就把毛背心脱下

轻轻放在小梁老师的床上
出门时
前胸后背都感到冷

2005.5

乡村中学的旧时光

漫山遍野都在秋收
我来到山坳中的乡村中学
几间土坯房子里
传来当地土话讲课的声音
教室前的蜀菊
一看见我　就红了脸
那年我 20 岁　刚从师范学校毕业

早晨　学生们在操场上哇哇啦啦念书的时候
老师们在宿舍里熬罐罐茶
我在这里喝的第一口茶　苦得让人眩晕
但后来　我却喜欢上了这种苦

我们领着学生在操场上跑步　做广播体操
然后被一串铃声吆进教室
那时　去地里劳作的人们　从学校边经过
他们朝校园里看上几眼　就赶紧走开

有时候　我看着走出校门的学生们
他们先是成群结队
但走着走着　就散了
他们要走向各自的那一缕炊烟下
就像多年后他们走向生活的各个方向

有一次　我看见一个学生
把校门口的一粒石子一脚踢飞
不知道那颗青春的心里有着怎样的快乐

而晚上的校园里　只有三五间宿舍
亮着寂寞的灯光
民请老师都回家了
他们要回到自家的地里忙上一阵
天亮前再赶回学校
这些抽着旱烟的老师们
我在他们吐出的烟雾中
听到了不同的人生经历

至于我偷偷写诗的事
后来还是被大家知道了
但没有人相信　我会把诗写到报纸上去
那时　我的诗里写满了乡村和土地
还有鲜花和爱情

有一次　我和小张　小李　小王老师
傍晚骑着自行车去县城看电影
回来时　自行车就在山路上跌跌撞撞
好几次我们跌进了路边的水沟里
但电影《高山下的花环》中的主题歌
被我们在校园里唱了好久

后来小王老师买了台录音机
从此我就常到小王老师那儿去坐坐
没课的时候　翻来覆去
听邓丽君隔山隔海的《甜蜜蜜》
听着听着　就无端地迷茫
小王老师对我作为邓丽君的铁杆粉丝
苦不堪言

有一年冬天　我爬上东边的那座山
面对夕阳　在山顶上拼命唱歌
直到暮色把整座大山包围
但山下的村庄里　没有人告诉我
他们听到了歌声
那些年　我总有唱歌的冲动

而操场边上的一片树林
是被我看做风景的地方

我曾在那里　仰望着树枝间破碎的天空
听一棵棵小树告诉我成长的忧伤
回来时　满身都是树叶

有时　我会走进烫土很厚的村庄
在长满青草的地埂上　握住那些粗糙的大手
说说他们孩子的前程
我看见满山的小花小草都像我的学生

在我的学生中间　有我的堂弟　堂妹
表弟　表妹　表侄　表侄女
同村的狗娃　黑旦　虎虎　石娃
转转　盼盼　男男　花花
在那里我教他们背过茅盾的《白杨礼赞》
也教他们唱过《校园里有一排年轻的白杨》
我记住了那里所有学生的名字
和他们那时土生土长的模样

当我班上的学生大多考进城里的时候
我也被调进了县城
离开的时候　只带走了写在那里的一本日记
封面上写着　1982—1987

2009.4

碎片集（一）

1

走在秋风前的那人
是今天的王子
大地繁华　万物舞蹈
向日葵为他鸣锣开道

2

那么大的龙卷风
是怎么进入一棵树的呢
它被叫作年轮之后
还刮得飞沙走石
直到刮成一个人额头上的皱纹

3

窗前的一棵树
风吹着它时
把我也吹出哗啦啦的声响
但我一直没能长得树一样高大

当树往窗户里看了一眼
就看见一颗伏案的头颅
像一个鸟巢

4

相信埋下白骨
就一定会长出绿色
每一棵草木
都是他生死相托的兄弟
这是那年　一个在沙漠里种树的人
告诉我的

5

去青土湖的路上
一间远远的屋子

让我疲惫的眼睛亮了起来
或许可以到那里讨杯水喝
但接近了屋子
才看清那是沙漠边上的一棵大树

6

白衣白袍的梨树中
最苗条的那棵
像一个白衣侠女
那些还小的
肩上扛着一串串纸钱
走在清明节的路上

7

风　先是吹到了一片叶子
然后是一棵小草
接着是另一棵
这是在杏儿岔
一个风吹草动的下午

8

我看见一棵小草

和一朵小花　那羞怯的样子
还在摹仿着当年的我们
翻开爱情的档案
山坡上的一片青草
像我胡子拉碴的老脸

9

一只小鸟　站在门前的矮墙上
敛了敛翅膀　像一个人
把灰色大衣又裹紧了一下
它只用一只眼睛
就把一场风雪　看透了

10

一个人走过的山路　和两个人走过的
有什么不同
一个人头顶的雪天　和两个人头顶的
是不是都白茫茫一片
当年落过雪的那条山路
此后年年都在那个时候落雪

11

穿着白色的风雪衣
我们在大雪中走着
走到一个小胡同　又回头走
口中呼出的气　又白又亮
走遍了县城的大街小巷
现在才知道那个走不通的小胡同
早已把什么都告诉了我们

12

一只海鸥说出胸口的惊涛骇浪
一只鹰说出眼前的连绵群山

那么远了　两只鸟儿
是怎么听见彼此的心跳的呢

但那天　我们听见了

13

隔着千山万水　我把钥匙忘在了地球那边
回来站在自家的门口　怯怯地喊一个人的名字

就把自己从床上喊醒
第二天上班　伸手捏了捏衣袋
不知昨夜丢在国外的这把钥匙
是否还认得中国的门

14

夜里从九楼的窗户望出去
对面的兰山　残雪斑驳
后来才知道
那是月光照着裸露的白土
但我相信
那时的兰州一定梦见了大雪
而且还预示了什么

15

一个朋友说
他把一只养了多年的狗　扔掉了
扔到了一个很远很远的地方
可过了不久
狗又找了回来
就像一个被你想念了多年的人
忘掉后
又重新想了起来

16

在梦里
一条鱼　露出骨头
鱼心　把杯盘狼藉的桌子
砸得咚咚直响
整整一夜　鱼的愤怒
像大海

17

傍晚的鸽子　明亮的弹片

古城楼蹲下身子
秋天的旷野　炮火连天

18

大炮轰过的古城墙上
如今长出一朵刺蓬
那像不像一个弹坑呢
一声鸟鸣
让它绿出了深意

19

古代的英雄　提着自己的人头
像提着一盏灯笼
有时把头挂在城楼上　疼痛光芒四射
但最疼的　是脖子下的那块砖

20

在西湖边谈论爱情
只能低着头谈
要不　一抬头
雷峰塔
就会吓你一跳

21

想想已路过好多地方　遇见过好多人
曾以为的刻骨铭心　早已风淡云清
可有一些细节　多年后出现在梦里
那是在我的遗址上　挖出的文物

22

从悲伤中回过神来　世界已经改变
满目风景　美得苍凉

花　在幸福中寻找幸福
树　在不幸中拒绝不幸

因为山改变了走势　而迷失方向的人
看见太阳从西边出来

23

我出生在农历
但有一张阳历的身份证
仿佛一个生错了日子的人　身份可疑
但我坚持只过农历的生日
母亲在时这样
母亲不在了　还是这样

24

有时　一个人连着几夜都梦见故乡
但有时　却累得连梦都没力气做了

没人梦见的故乡多么寂寞
而没有被故乡梦见的人 多么孤独

25

梦见一句诗
　　　时间的断裂处
　　　沙子飞扬
接下来的句子怎么写
下一个梦里再想

2002.4.8—2021.9.5

碎片集（二）

1

壮士断腕
因为是壮士
而我
只听见手的骨节
在咯吧咯吧地响
我知道手瞧不起我

2

那天从山上下来
看见几匹骡子　正驮着沙子
往山上走
其中一匹忽然打了个趔趄
仿佛就要跪倒
我的心跟着一紧

想起这么多年　有好几次
我也是这样

3

没有人认识你　你就在别人的目光里隐居
没有人跟你说话　你就在别人的声音里隐居
在一些特殊的日子　出现在乡下
接着又很快隐去
像一颗星　隐居在白天的深处

4

面对夜空　喊一个名字　没有一颗星星答应
在你成为星星之前　星星不会把它的名字告诉你
星星认识每个人　但从不喊出来

5

黑夜　有足够的墨水

一盏灯就是一支笔

一个失眠的人　在黑夜的墙上写下
阳光才是这个世界的好运气

6

山与山围在一起
围住一座村庄
几个神仙一样的老人
一直在下棋
有时　我听见他们争吵的声音

7

门边上坐着的两个石狮子
坐了那么久
忽然左边的一个　动了一下
右边的一个　也动了一下
动了一下
那就不是两个石狮子了

8

有多少根树枝就有多少个方向
每个方向的树枝都有自己的想法
大风吹来　树枝们抱在一起
大风过后　又保持原来的姿势
仰望一棵大树　我就想到了我们弟兄四个

一年四季　都在各自的方向上努力着

9

一棵树
它要在石头上雕出自己的影子
但树不是石匠
花朵　落叶　果实　也不是
想起一个人曾在石头上坐过
据说他是石匠的儿子
但他背着树的影子　已不知所终
忽然有人在月光下梦见石破天惊
看见石头里刻着一片森林

10

夕阳是一块烧红的烙铁
伸进黄河上游的水里
"嗞——"地一声
然后　天就凉了

11

如果黄河里的羊皮筏子
还把自己当羊看

那就把冬天的风雪看成自己的羊毛

薄一点　厚一点　都行

如果看成羊皮袄

正着穿　反着穿　都一样

有人踏雪寻梅　有人披雪取暖

羊啊　你要向人学习

12

一个人一次次去一个地方谈论身体

并校正活法

经常听见身体里的枪声　此起彼伏

也曾听见一个声音在喊　朝我开炮

如今　他已表情平静

和每一个人保持着合适的距离

13

坐在医院门口的台阶上

一个乡下女孩

把手里的一个苹果狠狠地咬了一口

但好一阵没有咀嚼

仿佛命运也把她咬了一口

那时　她身后高大的住院部大楼

像一面悬崖

14

一直坐在灯光里
听着飞蛾扑火的声音
他说他在写诗

这古老手艺的传承
这孤独而幸福的人

当他在一首诗里睡去
灯光还一直亮着
有时像闪电

15

诗人们说
有些人是不能写到诗里的
有些事是不能写到诗里的
有些话是不能写到诗里的
有些话　只配神说

而有些人　有些事　有些话
只适合写诗

16

一个人心里想着谁
就会长成谁的模样
我现在就越来越像另外一个人了

17

有一年冬天　我低着头
在自己的内心深处
看见一行又一行的脚印
陷在没膝的雪中

18

天空是另一片大海　看看就知道了
天空是另一片土地　看看就知道了
天空是另一座花园　看看就知道了
天空是另一座舞台　看看就知道了
而天空是另一个人间　你只有想想才能知道
一个人是另一个人的天空　也只有想想才能知道

19

过年了
有点风好　风吹着　春联上的字就被读出声来
有点雪好　雪飘着　红灯笼就把温暖照亮
有点怀念好　怀念能让远方的亲人安好
有点祝福好　把所有的祝福说出口
天地为物　过年时都会答应我们

20

一列绿皮火车
穿行在西部的夜色中
途经一个车站　猛地摇晃一下
有些人就在梦中被绊了一下
那时　有人下车　有人上车
下一站　还是有人下车　有人上车
天亮前我就到敦煌车站了
但它还要咣咣当当地向前奔去
阳光在更远处等着它

21

在乡村博物馆

遇见穿西装的稻草人

和穿旗袍的白杨树

遇见说英语的土豆

和讲普通话的小麦

还有拉大提琴的老牛

和跳天鹅舞的麻雀

当然　还有犁铧　锄头　铁锹　背兜

锅碗瓢盆

以及满口土话的讲解员

她是我在一首诗里写过的杏花

2016.1—2021.6.14

碎片集（三）

1

太阳是白天的钥匙

灯盏是夜晚的钥匙

闪电是天空的钥匙

种子是土地的钥匙

鸟鸣是山的钥匙

蜜蜂是花园的钥匙

马是草原的钥匙

船是大海的钥匙

一缕炊烟是故乡的钥匙

2

黎明是雪下白的　　炊烟是雪下白的

唢呐是雪下白的

头发和眉毛是雪下白的

骨头　也是雪下白的
一个顶风冒雪的人
他告诉你雪下的阳光和河流
草和粮食　还有炉火
他用冻僵的双手　捂着胸口
那里有他的柴火

3

一朵花开了
绿色的茎秆　就是花的影子
一树花开了
遥远的天空　就是花的影子
一坡的花开了
一座大山　就是花的影子
一个人心里的花开了
这个人就是花的影子

4

你知道的春天只有一棵小草大
你知道的春天只有你的院子大
你知道的春天只有你能听见的鸟鸣大
你知道的春天只有你能看到的田野大
你知道的春天只有你能感到的一场风大

你知道的春天只有你能想念到的地方那么大
春天　到底有多大呢

5

在河西走廊的沙漠里
我对孩子们说
白刺的白是李白的白
梭梭草的梭是卢梭的梭
黄蓬草的黄是黄庭坚的黄
柽柳的柳是柳宗元的柳
而沙米的米是米芾的米
骆驼刺的骆是骆宾王的骆
胡杨的杨是杨家将的杨
……
这些有着人类最闪光品质的植物
是怎么找到沙漠里来的呢
这是留给孩子们的思考题

6

火烧云　烧一阵就灭了
天终究是要蓝的
但傍晚之后的天
蓝得和先前不一样了

像一片铁

被火烧过和没有烧过是不一样的

像贺兰山

有没有那段历史是不一样的

像一个人

经历和没经历过事情也是不一样的

7

雨落绍兴

落在鲁迅的白墙黑瓦上

雨落乌镇

落在茅盾屋前的一片毛竹上

雨落在西湖的断桥上

落在雷峰塔的灯光里

落在湿漉漉的传说

和钟声里

落在一个行人的路上

和远处的屋顶上

雨打芭蕉

雨打在一个人的名字上

8

夜深了

一条路还在喧哗
像那么多陌生人走上街头
像一条河
但路上确实没有人
或许只有一些影子
边走边嚷嚷着什么
只是我看不见他们
直到钟声　从大雾中穿行而来
路上才寂静下来

9

这么多人　在山川里站着
这么好的阳光下
还穿着一身的绿蓑衣
走近了　一个人就从怀里
给你掏出一只苹果
就像那里的人没说几句话
就给你掏心窝子一样
看着一只羞涩的苹果
把左脸交给阳光　左脸就红了
再把右脸交给阳光　右脸也红了

10

一群苹果树冲进城里
它们换下了古代的将士
从此　苹果就是老城的口令

那天
我爬上残存的一段城墙
和站在那里的苹果树们
一一握手
我想替它们在那里站站
但它们一个个坚定不移

11

一个人从瓷窑里出来　他的尖叫
让宋代的阳光碎了一地
元　明　清的阳光也依次碎了

火犯的错误　是烧出了人的想象之外
而人的错误　却是让火再来一次

在那么多废弃的瓷片中
我忽然喜欢上了其中的一片

就像一句与众不同的诗

可当我弯下腰身
瓷片们却从我的脚下哗啦啦跑开
它们误以为我是那个摔碎废瓷的人

12

那时　周庄的几只燕子
已经认出了你
一声声叫着你的小名

那时　船已离岸
一步之遥　已是几百年的乡愁

13

从西部回来的朋友
给我说大雪里燃着篝火
说一个弹冬不拉的老人
说黑的是葡萄　绿的是葡萄
白的也是葡萄
还有离我很远很远的金黄的沙子
堆成山的沙子
他在舔干裂的嘴唇时

我以为他要吐一粒葡萄核　给我
他带给我的葡萄干
我一天只吃一粒

14

从书里翻出一个旧信封
就像从旧衣口袋里翻出一张纸币
想不起我是怎么把它给忘了
或者像一个爱做夹带的差学生
是我蓄意把它带到了另一个城市

现在我如果往以前的那个城市写信
就要把右下方的地址移到左上方
但这样写　谁是那个收信人呢

那就索性还夹在书里吧
或许有一日　还会再次翻到它

15

在一个地方生活了很久
然后离开
走时　有人来送你
也有人没来

站在白杨树下握手言别
低处的几片叶子　在你眼前晃了晃
就移开了

其实　一个人在一个地方
只是被一些人记住
和记住一些人

16

黑发中的白发
像混在好人中的坏人
把白发捉出来　拔掉
就像除掉汉奸那样
但白发终究还是占领了
我们的人生高地
像一场叛乱
一地的庄稼　都长成了野草
直到连草都不长了
我们这才知道　白发也那么好

17

打开手机中的通讯录

想想　删掉一个人的电话号码
再想想　再删掉一个
有几个人的　犹豫了再犹豫
后来还是删了
像一个户籍民警
从户口册上抹去几个人的名字
那时　一片树叶　又一片树叶
从窗外的树枝上飘落
有一些面孔就渐渐模糊
有一些事　就成了往事

18

在市中心的花坛边
我坐着歇脚
两个小朋友背着书包
从我面前走过
他们一定是住得很近
而且在同一个学校上学
当我想起花朵这个比喻
并向着他们微笑时
忽然两个孩子争论起来
一个说　我爷爷比你爸官大
我还没来得及惊诧
另一个说　可你爷爷退休了

我被自己的一声叹息
噎在了那里
好半天回不过神来

19

傍晚在楼前散步
一条宠物狗朝我狂吠不已
我不明白　它凭什么只朝着我叫
如果是狗眼看人低
为什么不朝草地上的孩子叫
如果按照鲁迅先生的说法
狗怎么知道我是穷人呢
垃圾桶旁捡垃圾的一个老人
狗看都不看一眼
但我相信　狗一定是因为
我有可咬之处

20

一鞠躬　二鞠躬
三鞠躬
但在一个人的葬礼上
有一个人没鞠躬
他的目光越过那些鞠躬时弯曲的脖子

像越过秋天的一片葵花地
他看见那张照片上的微笑有些不安
其实　有些人早就应该留下遗言
请大家不要鞠躬

21

把我的眼睛蒙住
让我在那么多人中找你
当我自以为找到了你时
却引得哄堂大笑
找错了人　就那么好笑吗
再找　我又一次错了
当我第三次错了的时候
已经没有人笑了
当我终于决定不再找时
四周一片寂静
其实游戏早已结束
秋天的阳光下　你站在我的面前
你说　你来找我
找了好多年

2006.5—2021.6.25

第四辑

草知道自己是草

世界上最好的地方

你在甘南 甘南的蓝天就好 白云就好
那么多的牛羊和寺院就好 藏歌就好

你在天水 天水的秋风就好 渭水就好
那么远的大地湾就好 麦积山就好
李白和杜甫留在那里的诗篇就好

你在河西 河西走廊就好
你在兰州 穿城而过的黄河就好
城市的拥挤也好

你在北京 北京就好
你在西宁 青海就好

你在哪里 哪里就是世界上最好的地方

那里的风就好　土就好
连那里的每一棵小草都好

2016.11.5

在会宁的时候

在那里　我经常去城南的一家皮鞋店
鞋店生意惨淡　小老板常在鞋盒上写诗
他的诗里有一种新皮鞋的气息
我和小老板互递着抽劣质香烟
并在他的火炉上熬罐罐茶喝
有时老板娘一脚把一只鞋盒踢出门去
我们就从诗歌的云端跌到皮鞋店的板凳上
有时　街上所有的路灯都已经灭了
只有南关的这间小房子亮着
两个下决心要当诗人的人　眼里的光芒
比鞋店的 15 瓦灯泡亮
那时　我们的身体里有很多可以发光的东西
当我们为一行诗而苦恼的时候
就听见有拖拉机或者卡车轰响着从街上驶过
过一阵有几个在舞厅里喝醉酒的人
高声大气地吹着牛从门前经过
街道上的垃圾被他们一下下踩响

他们是县城里活得潇洒　但被我不屑一顾的人
在那里我没有几个朋友　鞋店的老板算是一个
忽然罐罐茶溢了出来
冲天而起的灰尘就落到我们的头上和脸上

2016.4.2

在甘南

谁在照看这无边的小草
谁在照看这星散的牛羊
谁在照看这草色护围的寺院
谁在照看那些磕长头的人
风吹动经幡
雨打湿金顶
云一直在头顶上奔跑
而牛羊如此安静
一个行色匆匆的旅人
那天忽然放慢了脚步

2015.8

草原上听风

在抓喜秀龙草原　我看到的还是去年的草
今年的草正在赶往草原的路上
一头白牦牛　毛色再暗一点　就和草一个颜色了
但我还是能看出来它是白牦牛
几年前第一次见它时　它像一个披麻戴孝的孝子
今年还是
眼睛里的忧伤　让我感到它多像我的一个兄弟
跟着白牦牛　再往草原的深处走
一条雪水河　就像哈达一样在风中飘动
那么多的白石头　像是在河里开着的花朵
一头白牦牛　又一头白牦牛　一群白牦牛
慢慢地涉过河去　没有一点怕冷的样子
但它们向着祁连山的雪线走了走　却又折了回来
它们一定是怕把自己走成山上的一堆雪
现在它们和我一起望着前面那座白色的佛塔
经幡哗啦啦地响着　和我们身后的河水遥相呼应
从塔顶上看过去　就是高原的天空　和天空上的流云

但云的流动　没有一点声音
我们就在这里站了站　听了听草原上的风
听风穿过羊的身体　穿过白牦牛的身体
穿过佛塔和一条雪水河
接着就穿过了我们三个人的身体
忽然就听见自己心里也有一片经幡被风吹动
直到天色暗了下来　我们才悄然离开
风就把夜色像吹倒了一堵牛粪墙一样吹塌在草原
那么多的白牦牛　和那么一大片枯黄的草
就在抓喜秀龙草原上轰隆轰隆地卧倒

2015.5.9

在草原

在草原上
你必须关心身边的小草
就像关心自己的兄弟
他们一年只回一次家
一生
只做一件叫作绿的事情
我常常想念他们
至于那些小花小朵们
都是草中的好女孩
她们的美丽　是草原的星光
有一些小草长得高了些
就显得出类拔萃
还有一些小草
一直都在朝着树的方向努力
于是就走到了草原的边上
可当牛啊羊的走了过来
他们从不躲避

草知道自己是草

那天　当我在草地上躺下

草和花们就一起弯下身子

把我举了起来

他们以为我是落草的英雄

其实　在茫茫尘世上

我也是一棵小草

只是偶然写几句小诗

除了对阳光和雨水的歌唱

就是一棵小草心里

草原一样辽阔的苍茫

2015.8

祁连山中的一次漫游

从甘肃的天堂寺出来　树高大得像佛
但走着走着　树就不见了
当然草还在
由浅绿　到浅黄　再到浅白
我们一起到达冬天的山顶
那时　四顾苍茫
镔铁的光芒里　翅膀的声音　布满天空
那时　草和石头　灵魂出窍
惨白的太阳下　有人和诗歌歃血为盟
但在山的另一面　草木灿烂
在山腰处开着篝火晚会
不知道这是去年的秋天　还是今年的
奇形怪状的石头　一起扭过头来
看我在这天高地远处　怎样跛狼一样行走
我担心自己一旦做错了什么
它们就会朝我一路狂奔而来
惊叹于祁连山中的块垒　如此嶙峋

我就轻轻地摸了摸自己的胸口

那时 春天在山脚下喊我

山脚下是青海

2019.9.24

过关山

关山的月好小
关山的山好静

只是秋风过处　秋叶枯黄
森林和零散的树木一样孤独

看见山脚下的学校像一座寺庙
我就相信有孩子的地方
一定有神

就像有山的地方就有月光
有月光的地方就有苍茫

2016.11.7

在北石窟寺

之一

村庄
一直响着叮叮当当的工匠之声
再听 却是蜜蜂的嗡嗡之声
再之后 就听见蚂蚁的奔跑
像从佛的肩膀上流下来的细沙
那时 只感觉北石窟寺的秋天
满山都是花香

之二

一场风雪刚刚过去
我来看看这里的佛
见墙面上烟熏火燎的痕迹
佛一定在最冷的时候
也燃柴取暖

我们正说着冬天的事

窗外的杨树上　一只喜鹊

就喳喳地叫了几声

我相信　它是照着佛的意思叫的

2016.11.9

七月的门源

这么大的一场花事
但风吹走了花香

风还顺便吹了吹青稞
和无边的空旷

一个放蜂人手里举着蜂蜜
在路边上站了好久

油菜花上飞起的一只蜜蜂
像风吹走的一粒花籽

2018.7.20

镜铁山印象

云带着雪意
但什么时候落雪
云也不知道

山学着云的样子生长
但草是什么时候跑光的
山也不知道

风是什么时候吹起的
吹与不吹　风也不知道

一个人在山里走着
听见几万年的孤独与荒凉
喧嚣着　向他涌来
那其中有没有他要找的一块矿石
他也不知道

2018.7.21

在成县想起杜甫

想起唐朝的那场大风

比现在的沙尘暴还大

满唐朝

都被吹得飞沙走石

那时 有一粒橡子

被卡在甘肃通往四川的石缝中

直到瘦了再瘦

瘦得与唐朝格格不入了

才通了过去

混入成都大米的那粒橡子

别名杜甫

2005.6

塞罕坝的苗圃

树的学校里　孩子们天天向上
他们要学会数数
数清楚这里的无霜期
还要认识土
有了土才叫土地
风是老师　雨是老师
阳光是老师　霜雪也是老师
而天空是课本　大地是作业本
成长的过程　还要学会
应急避险的能力
好多好多的危险　都必须自己应对
毕业的时候
就坐上拖拉机　架子车
或者人们的肩头
奔向那些还没有树的地方
他们要在那里长成大树

2017.8

有一个地方叫白银

秋天　戈壁的沙包上
一朵小小的阳菊
一个裹着黄头巾的女子
在翘首企盼着什么

大风吹动花的腰身
但吹不动花的根
吹出一滩的石头
像倒出一口袋的土豆

风口上
一个外地来的小伙子
从怀里摸出一块银元
像摸出半截骨头
他在银元的边沿上吹了一口
然后举到耳边听听

从早到晚
北边的风吹来景泰的沙子
南边的风吹来靖远的煤渣
从会宁流过来的一条小河
一直流进　矿石的裂缝

这是一个叫白银的地方
躲在黑黑的一座大山后面
就像躲在我心里的一片月光
和一个人苍白的脸庞

2006.5

长江三首

1

那年　我在长江的源头上坐了坐
看见落口　白得像一疙瘩冰
一只鹰的皮手套
把太阳的边沿越擦越明

脚边的小溪　悄没声息地流着
像我身体里的血管
哪一条是长江呢
只感觉从雪山下流出的三条江
像一个三角架
让高处的祖国远远地看见了大海

忽然　风把我的影子
吹出哗啦啦的水声
长江就绕过了第一块石头

2

多年前的一场风雪
仿佛还在长江里走着
其中的几朵浪花
那年我在青藏线上见过

我比一场风雪走得慢
但我比长江走得快
这么多年了　几次遇到长江
长江都还在那里走着
或许　她是回过头来等我

那天　把长江从头至尾想了一遍
忽然想起长江边上的一个朋友
心里的那场风雪
就又一次猛烈起来

3

沿着长江走向大海
感觉大海就是一片麦田
青青的麦浪起伏不定
海水里还留着去年的麦穗

如果真能这样比喻大海
那长江就是灌溉麦田的一渠清水
有了长江
当然还有黄河
大海的土地就不会干裂

2012.1

白洋淀

1

在你住过的河北水乡
叫一声大哥　风就吹一下你的白发
叫一声大哥　阳光就拍拍你的肩头
叫一声大哥　水鸟就把翅膀拍出了响声
叫一声大哥　你就眯着眼睛笑
握着水乡人粗糙的大手　握了又握

2

入夜　白洋淀上的月亮　好远　好小
但从月亮上吹来的风
还是吹到了我们的脸上
并把一件件往事
吹成一朵朵浮萍
只是芦苇想起来的　我还没想起来

一阵阵喧哗
不知是水流向了月光
还是月光流向了水

2018.6.2

绍兴的雨

到绍兴的那天
绍兴用一场大雨为我洗尘
我看见雨中的黑瓦
和孔乙己的长衫
还有雨中的白墙
和祥林嫂沾着污点的白裙子

那天的绍兴很像一叶乌篷船
而坐在三轮车上的我
面对人力车夫用力的背影
透过黑色短衣
可感觉到他骨头的瘦
他也剪着寸头
黑发中夹着白发
怎么看都像鲁迅的后脑勺
路边的雨点
下着无数个"小"字

一段上坡路
我从座位上前倾着身子
想这样可能会减轻车夫的沉重
我感到我此刻的伪善

回到宾馆时
车夫说再加十块钱
你看这大雨天的
咱俩都很辛苦
我们自己感谢一下自己吧
我学着孔乙己的样子
一字排开十枚硬币
看那车夫用竹节一样的指头
一个个捡了去
揣在黑色短衣口袋里

离开绍兴时雨已经停了
鲁迅故居的黑瓦白墙
和车夫的黑衣
都将被江南的阳光再一次晒干

2006.4

河西笔记

1

风过去了　云过去了

风云在这里常来常往

此刻　嘉峪关城门两侧摆满了摊点

每一个守摊人都身怀绝技的样子

我怀疑他们身后就藏着兵器

战鼓擂响　或一声号起

他们就会立马跃上城头

而我只是一个寻找诗歌的人

我必须在城门关闭之前

和太阳一起出关

你看　树影已经高大起来

像士兵一样开始巡逻

树影中　几只燕子的叫声

仿佛箭镞　一声声射向城墙

长城内外　无边的沙子　一片喧嚣

2

焉支山下的大风一吹
就把一群马给吹远了
像祁连山的雪线
一闪一闪地动

那天 焉支山的秋草
忽然一起弯下身子
那个在草原上牧马的姑娘
她是哪朝哪代的公主

那天 有人站在风中
用山丹话喊我
怎么听都像一匹胡马
咴——
咴——
咴咴——

3

一滩的白石头
忽然其中的一块咩地叫了一声
再看 一个黑脸膛的人

披着一片羊皮

像羊　也像石头

他正不紧不慢地抽着一锅旱烟

心里的想法

肯定比羊高出一筹

如果羊们都坐下来抽上一锅烟

那就是烽火台上的狼烟了

想当年的烽火　也无非是一个朝代

心里有了事情　就狠狠地抽烟

那时　长城外正在集结的云

像匈奴的马队

眼看着就要冲过来了

但羊还是只顾低头吃草

它们相信在一棵芨芨草下

就可以藏身

4

怎么能把一个人弄得这么黑呢

在凉州的街上　一眼就能认出你来

我说嗨　兄弟

你奔跑过来的时候

阳光在你的脸上叮当

风沙在你的脸上叮当

你的每一根骨头都在叮当
像一件黑色的乐器
但你说最是雪满凉州
一个人站在南城门楼上
就能听见自己身体里的声音
那天我在车站前抱了抱你
就像抱住了一首凉州词

5

是什么风把你吹到了这里
都这么远了　还要吹
我看见风把你的叶子翻过去
亮出银光
又翻过来　亮出金光
就像那么多的女孩子
先伸出手心
然后又伸出手背
手心手背都那么好
金子和银子　我都爱
可每一棵胡杨树都是一座金塔
这么大一片胡杨林
我只要你的几片叶子就够了
剩下的　风将用它的火车

拉到秋天的深处
穷人们　请到秋天去吧

2017.10

在迭部

1

忽然 一朵杜鹃花哎哟了一声
我被淹没在白云中的苔藓
滑了一个趔趄

神仙生活的地方
人还住得惯吗
我看见白云走过的地方
草色又深了一层

2

身披红袈裟的僧人
走在俗世的人群中
我听见他们在细雨中诵经
为茫茫尘世上

这一片深深的绿

想起前世和来世
想起今生的过失
如果我站成一棵红桦树
能不能也叫立地成佛呢

迭山的每一棵树
原来都可以叫作菩提

2016.11

哈拉库图

想起一个人　我们就去了哈拉库图
那时　有一群羊正路过秋天
好像一只只都低着头在默诵着诗歌
其中的一只　忽然回过头来
数了数我们一行几人
酷似当年　那个牧羊人
站在羊圈门口数他的羊群
我看见了那个羊圈
门上还贴着春联　只是纸已变了颜色
秋天的白纸上　留着春天的祝福
仿佛悼念
但哈拉库图从不在乎谁到这里来过
它只相信　所有的故事之后
都是大雪的寂寞
所有的文字　都会躲在一个人的身后
那年有一个诗人走向一朵山花
它只把他看成了一只追逐青草的山羊

　　　眼里藏着两只蜜蜂
　　　当又一代秋草　匍匐前行
　　　所有写给草的诗　并不比秋风温暖
　　　哈拉库图　如此干净　空阔

　　　　　　　　　　　　2020.10.16

　　注：哈拉库图，即青海省湟源县日月乡哈拉库图村。
村里有哈拉库图城，据《丹噶尔厅志》载，为清乾隆四年（1739
年）修筑。诗人昌耀曾在这里流放、牧羊、写诗。

敦煌章句

1

是我的遥远　也是我的苍茫
莫高窟前的那些白杨树
它们告诉我的
我将告诉世人

2

所有的飞天
都从我们身边起飞
敦煌的风　正好让她们
高过我们的头顶
适合人类仰视

3

和那些慈眉善目的老人
交谈敦煌一带的雨水和收成
也说说那里已经过去的好多事情
有一次　说起这些年的经历
我忽然感到委屈
眼睛就有些潮湿

4

雪落敦煌
敦煌在雪中飞翔
雪落不住的地方
那是佛的住所
有人从莫高窟的窗户里扔出一颗星星
雪就在沙地上沸腾起来

5

忽然感到两根苍白的手指
把远处的三危山捏住
在心里磨来磨去
像古代的一根墨锭

我知道　有人彻夜不眠
在九层楼上抄写经书

2016.11

祁连山中

1

蓝　冰川的蓝
蜷在冰川上的羊
很冷　很白

白色的太阳
砸进冰眼的石头
飞溅的冰屑
落满祁连山的羊皮袄

2

白云的阴影下
一块碎石的滚动
像一把尖刀　一直划进深谷

3

夜深了　有一颗星星
一打盹
就掉进了山谷
我听见了它的惊叫

4

一个人从大坝上过来
风把他的裤腿
吹得像两袋麦子　那么沉

脸也很沉　硬硬地
像那年春天　从祁连山上
扛下来的石头

一只黄羊　看了他一眼
就跃向水库上游
那片又亮又白的云

5

一只黄羊跳起
一块被紫外线晒黑的石头

亮出河西走廊的一个下午

风中的一朵小红花
背过脸去
我无法看清　她内心的起伏

6

谁的小指正在风的弦上按住低音
谁把岁月弄脏的一朵棉花
在大雪中洗白

一只山羊正走在祁连山的小径上
小心翼翼

7

一只鹰
站在陡峭的山冈上
钉住
一整座山的风雪

2004.4—2018.8

大地湾的陶片

1

天空的鞭影　秋风里的渭河
我在大地湾走着
一个人的脸庞
像一只陶罐

2

推开大地湾的门　里面睡着油菜的种子
有人砍着秦安的料礓石
要给油菜花样的姑娘　盘一片热炕

3

大地湾的乌鸦
一盏黑色的灯盏

最尖的那一点红
像从八千年前的火塘里
刨出的火种
有人端着灯盏在山坡上转悠

4

也许是一个黎明
有人在火光中把一只陶罐打碎
说是八千年后拼陶相认
但属于我的那片
直到今天才被找到

2012.2

青藏纪行

1

今夜　我睡在佛的身边
但还是梦着俗世
包括缺氧的小草
和在青藏线上修路的人们

请为他们摩顶吧　佛
你摸得出白发和青丝的区别
就一定能够抚平
一个人内心的褶皱

把铁路铺向布达拉宫门口的人们
都是佛的好亲戚
他们不需要磕着长头
佛已率领他的弟子
从布达拉宫高高的台阶上

迎了下来

2

那时　车站还没有建起来
我们无法走进小屋
躲一躲这场突如其来的大雪
站在比唐古拉更高的红旗下
仰视了一阵
那火红　就在我们的心里
温暖了起来

拍拍旗杆
像依次和红旗握了握手
风雪中的那只老鹰
像一颗长发飘拂的头颅
他肯定把我们看成了
垒在旗杆下的几块石头

3

今夜的星辰　格尔木的青盐
沱沱河的银碗里
雪水泡出咸涩的藏蓝

现在几点了
世界屋脊上的灯还亮着
像来自佛的身边
闪闪烁烁的消息

4

青铜的雕塑
猩红的藏袍

身后是青海的长云
额前是西藏的蓝

那只空空荡荡的袖子里
装着风

只要经轮在手里转着
紫外线就不会直射
风把远处五色布上的经文
吹成撒满当雄草原的牦牛

那天　一个叫扎西的人
脸上露出笑容

5

在昆仑山口　我看见雪
怎样变成白云
这纯洁　无需说出

用雪搓搓还在疼痛的伤疤
雪水
就流进一个人的内心

一个人走向白雪
就像走向自己的白发
此刻我只注意到雪山
和一个人的比例
还有硬度

6

在当雄的藏族小学里
老师给孩子们说
等你们长大了
我们到格尔木看树去

在安多的铁路工地上

一对热恋的民工说
等结婚那天
我们到格尔木看树去

在风火山的隧道指挥部里
满头花发的老总工
在工程进度表的最后一栏写着
到格尔木看树去

到格尔木看树去
到格尔木看树去
格尔木的树
到底有多好看呢

7

经轮　从黎明开始转动
把所有的佛叫醒
接着是麻雀
接着是鸽子

这是九月之晨
小小的央金姑娘
蹦蹦跳跳　走在拉萨的街上
我看见她小小书包的背带

像我从地图上看到的
青藏铁路

8

是线装的
经卷封面的蓝

是大海对童年的怀念

是可可西里
去年被风吹走的大草滩

几朵白云
在钢蓝钢蓝的蓝天上
一动不动

一个写诗的朋友说
那是青藏高原的一件蓝缎子长衫

9

想起青藏铁路铺轨到那曲的那天
一场大雪
覆盖了藏北草原

铁轨分开的雪地
像巨大的白色翅膀
就要把整个青藏高原
带着飞翔起来

10

没有声音
没有一点声音
在唐古拉山口

断崖处的岩石
该是雪山的骨头吧
硬得就要碎了

没有声音
没有一点声音
但在我就要转过身去时
却忽然被声音的双手
拽住
像是来自雪下
又像是来自哪一棵小草
像氧气
那天　我在唐古拉山口
就这样在寂静中

被打动了

11

巨大的蓝宝石上
白云的哈达　飘荡
清纯的风　牦牛的毛
雪水流淌
一首歌里的青藏高原
藏青色的经幡
老鹰的翅膀
搅乱风雪和阳光

2005.8—2010.12

会宁旧事

1

公元 1236 年　其实已到了元朝
但郭虾蟆还站在金朝的会州城头上

英雄的最后一招是一把大火
他驱妻子于一室
把他们当了一把把的干柴

当他将自己也一箭射入火中
就要熄灭的大火就又持续了几个时辰

会州城塌了
《县志》里的每个字都像烧焦了一样
黑着　但还烫手

2

明洪武二十八年
曹铭得罪皇上被杀了
史书上说　他和皇上大吵了一架
直到走向午门
还在大喊　臣窃为陛下不取也
其实　取与不取　都是皇上的事
那天　老曹是不是喝高了

3

明天启四年
会宁一年出了好几个孝子
个个等着举孝廉
还出了十几个节妇
都受了旌表　立了牌坊
这一年　关川里牛产双麟
百姓大惊　将献京师
但出县城后就死了
县志里说东山上有座麒麟坟
可没有人能找着
当然　麒麟就是麒麟
不是我们这些常人能随便见的

就像孝子和节妇
也不被我们常见一样

4

顺治三年　清廷下剃头令
邢家七弟兄　不肯削发
被砍了头
当官兵砍到最后一个时
小兄弟慷慨激昂
宁为玉碎　不为瓦全
那颗滚落在地的头颅
被草丛绊住　不肯远去
埋他们的坟叫邢氏七塚

5

同治十年　陕甘总督左宗棠
下令在道旁种树
有的树死了　有的树活着
后来　谭嗣同路过会宁
写下萧萧树两行的诗句

6

光绪二十一年　刚刚考完进士
忽然有一个叫康有为的人
给皇上写了封信
几个会宁人
也在文章上签了名
就算是集体创作吧
闹腾了几天
皇上的妈生气了
好在进士的榜很快发了
榜上有名的　等着封官
没考上的　灰头土脸　回家复读
关于老康后来逃离北京的事
是举子们再次上京赴考时才听说的
都是往事

7

光绪二十六年　八国联军入京
慈禧和光绪皇帝西逃
会宁人刘庆笃奉旨护驾
一路上恪尽职守
好不容易感动了老佛爷

老佛爷就送了他一张蟠桃画
上面盖着慈禧的大红印章
据说那画要值很多银子
可做传家之宝
这让很多人眼红不已
现在那画藏在县博物馆里
见过的人都说好
于是　有人临摹了好多张
在茶水里一泡
就有些岁月沧桑的感觉了
挂在会宁人的上房里
古色古香
仿佛家家都与老佛爷有些关系

8

民国九年　阳光灿烂
牛门洞的山坡上
一个老农挖地种田
忽然一镢头挖出来一个陶罐
想想或许可以装点什么
就抱着回家了
那时他脚下的土里
所有的陶罐一起鸣响
像集体发声的羊群

他从没听过这么奇怪的声音
一夜无眠

9

民国二十五年
会宁的县长是我的本家
据说家族的穷人曾去找他
他发给每人一个大洋
从此再不相认
这年十月　西城门枪声大作
县长不知去向

10

民国三十六年
有一个土匪的头　挂在了西城门楼上
那么一颗大头　据说有几十斤重
城楼下有人缩头溜走
有人却指指点点
说前些日子在华家岭上
他劫了国军的一辆家眷车
抢了一个师长的小老婆
道听途说中就多了想象的细节

男人们是一种表情
女人们是一种表情

2015.5

第五辑

深处的风

记忆：星光

站在村口　看漫天的星斗

正向着一个村子倾泻

我知道这些星星　天亮前

都会全部落尽

据说有个早起的人

曾被星星绊了一跤

那时　房前屋后

遍地都是闪烁的星光

而那个人　本就是一颗星宿

当我眼含热泪

抱了抱村里我最后一个亲人时

那些离地面最近的星星

就落在了我们身上

星光渗入骨头时　那么冰凉

有些我们看不见的星星

也落向了村里

直到那里的每一片土地

都被星光照亮

2015.3.15

记忆：那时的秋天

那是少年时代天空最蓝的一天
所有的草都鼓足了劲
要把满山满坡的绿都吹向天空
我终于明白天空为什么这么蓝
大地上秋天的气息
清新中有着淡淡的忧伤
仿佛一条看不见的河流
从身边轻轻流过
那是开学的时节
简陋的校园里　几朵蜀菊的灿烂
正适合那时的心境
好像那花已开了很久
而且还将一直开下去
那时我还不知道　美好的事物
也有凋零的一天
只感到这么大的一个秋天
就是从这里开始弥漫开来

直到远天远地
其实　关于那时的秋天
我已忽略了很多有意义的事情
只记得那么蓝的蓝天下
有几朵蜀菊　一直在风中摇曳

2017.3.7

记忆：情景

总想起一个人

流着泪　使劲往嘴里填着食物

比如煮熟了的苦苦菜

或者别的什么吃的

那用力的样子

就像是在干着一件农活

但为什么哭呢

肯定不单单是因为饥饿

每想起这样的情景

我的心里就会疼痛

甚至直到今天

只要看见有人狠狠地吃东西

我都会低下头来

那个人是我的一个亲人

现在已经不在了

我不忍心说出称呼

2015.4.26

记忆：糖

那么热的天　父亲从县城回来
从兜里掏出一把糖
不用猜　肯定是 8 个
我们兄弟姊妹每人一个　共 6 个
一个给奶奶　一个给母亲
我们嘴里噙着糖的那个下午
阳光都是甜的
那块小小的糖纸　被我舔了又舔
直到把颜色都舔淡了
这才贴到墙上
像一张小小的奖状
父亲看我们的眼光　也很甜

过了好些天
不记得我做了一件什么好事
还是受了什么委屈
母亲从贴身的衣袋里摸出一颗糖

是那天的那颗

她剥开糖纸　咬了一半给我

把剩下的半颗又小心包好　装了回去

那时　我看见母亲也咂了咂嘴

只是剩下的那半颗糖呢

是后来给了弟弟　还是给了妹妹

或是给了奶奶呢

半颗糖　让我想了好久

那时的糖　怎么会那么甜呢

2016.11.22

记忆：惊喜

手触到衣袋外面的时候

我摸到了一个小小的惊喜

那么急切地把手伸进衣袋

又是那么急切地把它放进嘴里

我是多么信赖那个惊喜

急切地咀嚼　急切地下咽

咽到一半时　才觉出它的味道

吐出来一看

竟是一疙瘩泥土

我那时的沮丧啊

从此　我就成了一个满口土气的人

从此　每遇惊喜我必警惕

2016.6.3

记忆：精细生活

自打村里有了电磨 石磨就不用了
电磨的好处是可以把麦子磨几遍
第一次和第二次出来的面 最白
母亲就装在第一个袋子里
这是给父亲吃的
第三次出来的 比较白
装在第二个袋子里
这是给孩子们吃的
第四次和第五次出来的 是黑的
装在第三个袋子里
这是母亲自己吃的
最后出来的是麦麸
装在第四个袋子里
有时抓一把拌在猪食里
有时挖一碗给毛驴吃
有时拌在野菜里母亲自己吃
从磨坊里把一袋袋面粉抱上架子车时

母亲还要仔细查看一遍
最白的那个袋子　一定要放在最下面
我们家的精细生活
就是从那时开始的

2016.9.3

记忆：碾场

乡村的旧唱机　麦子铺成的唱片

毛驴拉着碌碡的唱针

咯吱咯吱的声音

像风吹着一扇半掩的木门

门里是麦子的家

门外是种麦子的地

而头顶的太阳

也被天空的毛驴拉着

咯咯吱吱着

把天空的冰就要碾碎了

冰屑纷纷　麦粒遍地

2006.5

记忆：傍晚

天色已晚　饭已端上炕桌

乡下的灯光里

一家人围到了一起

可忽然一头小猪跑了

这是一个事件

夜色猛地黑了许多

当我从屋里跑出来时

心里已经后悔

就像后来遇到的好多后悔事一样

只记得小猪被追回来的时候

桌上的碗都已经空了

一个小孩子的眼泪

就理所当然地流了下来

我看见一家人的不知所措

和无颜面对我的愧疚

但母亲却不知从什么地方

又端出一碗饭来

那一夜　乡村的安静
有些不好意思

2017.3.28

记忆：隐疾

慢走的时候　我能走稳

可当走快的时候

就摇晃起来　成了瘸子

如果有人问我的腿怎么了

腿就会忽然疼起来

腿记得被人踢过多次

那一次居然被踢成了骨折

那人没有想到

一个十岁的孩子　骨头还没硬起来

他和我争一个菜团子吃

我怎么争得过他呢

不记得父亲是否为此揍过那人

只记得我在土炕上趴了三个月后

就瘸着腿走向山背后的小学校了

再过三个月　就不瘸了

再过三个月　就把这事忘了

现在父亲走了　那人也老了

可当我试着向那人走去时
腿就开始疼　开始瘸
真的不是我要记着那件事
而只是腿记着

2017.9.20

记忆：走夜路

以前岔里走夜路的人
有几个从野鸽子坝上掉了下去
睡着的人不知道
只有星光和月亮高高地看着他们

父亲曾喊我一定要跟紧了他
可后来我还是落了下来
想起在夜里一直走向天边的父亲
我怀疑他长有一双夜眼

从此　山高路远　黑夜辽阔
一个人既担心身后有什么跟着
又害怕前面有什么等着
只听见所有的路都在周围喘着粗气

大声地唱着什么　歌声就是一条道路
用手摸摸自己的头发　头上就会发出光芒

或者紧紧地攥住自己的命根
就不会在夜里丢掉性命
这都是老人们告诉我的经验

没走过夜路的人不知道
一个人摸黑赶路
其实是路把一个人逼到了黑里
好在这都是以前的事了

2015.9.16

记忆：一辆"解放"牌卡车

是一个孩子
拖着春天的一大捆树枝
在山梁上奔跑
他要把高粱和大米到来的消息
告诉这里的人们

1970 年的一个下午
在西部一个叫杏儿岔的小村里
我从一辆深绿色的卡车上
认出了毛体的"解放"二字

那时　没有一个人知道
一个孩子的最高理想
是做一粒大米或者高粱
坐一坐那辆颠颠簸簸的"解放"

后来　从中学课本上

我知道那片深深的绿
与一个叫长春的地方有关
还从雷锋的一张照片上
看到那绿
绿得比雷锋的衣裳还深

至今 一个人
在黄土高原上走着
忽然就忍不住会想起那片深绿
那辆一颠一颠的"解放"
也就从一个人的童年开始
远走他乡

2007.12

情景：遇见一位大叔

回家过年

在岔口遇见一位大叔

他一见我就躲躲闪闪

好像是他欠了我什么

其实　是我 20 岁那年

欠了他老人家一笔人情

我拒绝了他和我父亲的约定

没有娶他的好女儿

为此　在我热爱的故乡

我声名狼藉了多年

大叔和我的父亲

都觉得做了一件丢人的事情

现在我才知道大叔多好

他的女儿多好

他们是岔里最早看得起我的人

2017.2

情景：德生家的事

德生媳妇跑了

德生去找媳妇了

但一去就没了消息

只留下三个孩子

像三块小小的黑石头

支起家里的那口破锅

过了一年

大女儿被岔里人领走了

又过了一年

二女儿也被岔里人领走了

但几年过去了

德生的儿子还在家里

我见到他时

他正帮老王家干活

那卖力的样子

像是在自己家里

他说等过完年

就去城里打工
自己挣个媳妇回来
说时　脸已经红了
像小时候的德生

2017.2

情景：福贵家

住在杏儿岔山背后的福贵

那年没灾没病就没了

岔里人说福贵积了个好生死

也积了个好儿媳妇

这样说时 福贵坟上的一片冰草

被风吹得扑扑燎燎

像放羊的福贵把那草点燃了似的

只是此刻连我远房的妹妹

也没有注意到这个细节

她只关心今年麦子的成色

远房妹妹是福贵的儿媳妇

福贵的儿子也不在了

是那年在去县城赶集的路上

从拖拉机上甩下来不在的

那时他怀里抱着一只母鸡

那鸡扑腾腾飞出去好远

然后跑进草丛就不见了

当然也不见了远房妹妹的花汗衫
还有他们的女儿好看的书包和铅笔盒
我的红脸蛋的远房妹妹
就两颊都白了
红处红白处白的远房妹妹
后来把她的女儿供进了大学
一个人在岔里住着
有人说　应该学着古代的样子
给她立个牌坊
远房妹妹就朝那人的脸上唾了一团
从此　岔里的男人就都远远地躲着她

2015.9

情景：在表叔家

小时候我在表叔家门口的学校里念书

我和表弟好得像穿一条裤子

下雨天我和表弟就趴在他家的炕头上

喝着表婶做的拌汤写着生字

字都写得歪歪扭扭

像表婶的拌汤中大小不一的面疙瘩

那时　表叔就坐在我们身边

不停地抒着山羊胡子

呼噜呼噜抽水烟的样子

好像他一直就那么老

老老地看着我们的年轻和不懂世事

偶尔说起些往事

老得就像拐弯抹角的老县志

比如同治爷的时候　杏儿岔有几户人家

比如袁大总统的时候

我们家怎么和他们家成的亲戚

还比如那年咱这里过队伍

谁跟着走了   一辈子都没有消息
说着说着
屋里就只剩下比他小十几岁的表婶了
表婶如今坐在空空荡荡的炕上
老得连颗热洋芋也啃不动了
忽然想起一个童养媳的经历
她就会一个人吃吃地笑
把卧在身边的小狗也吓了一跳

2015.9

情景：硬气

二哥打电话来 说儿子和媳妇闹离婚

孙子可怎么办呢

说着就在电话里哽咽起来

向来硬气的二哥 这件事让他软了

我说这怎么会呢

二哥说儿媳妇去城里打工 看上了别人

女人一变心 就比狼还狠

又说儿子没本事 只会种庄稼

庄稼不值钱 就拴不住女人的心

侄儿的媳妇我见过 看起来那么老实的人

怎么说变就变了呢

想着法子劝二哥吧

我知道我说的都是废话

但二哥每一句都听得很认真

二哥后来说了句 好在孙子娃

都姓咱的姓

说这话时　我听二哥又有了硬气

2016.9.4

情景：那个人

恨你的人 用恨伤害了你
爱你的人 用爱也伤害了你

一个能把石头碰出火花的人
也有软肋

最痛的 是一种叫作放心不下的病

亲人们哭你的时候 你不掉一滴眼泪
最终 你把最狠的一招
用在了自己身上

2016.9.22

情景：羞涩

二哥忽然倒了

腾起的尘土让二嫂咳出了眼泪

咳了几年　就咳出了一朵

血红的梅花

那时她想　二哥是一棵梅树

她也是

看她也要倒了

孩子们七手八脚把她扶住

那天　她羞涩地笑了笑

像当年低着头

羞涩地跨进老牛家的门

叫一声二嫂

她就又羞涩地笑笑

再叫一声二嫂

你就第二次嫁给了二哥

2020.6.15

情景：飞起来的人

张开双臂　风灌满衣袖

奔跑着　想象中有一双翅膀

有时候纵身一跃

那是他在试飞

虽然每次都跌到地上

但我们看见了他的快乐

那时他还是一个孩子

当他真的飞起来的时候

据说他借助了爱情的翅膀

谁也不能把他拽住

从此我们相信　跑得太快的人

总有一天会飞起来

2019.7.28

情景：唢呐

远古一样蓝的蓝天下
远古一样高的高坡上
一个女人的身体里
藏着一把青铜的唢呐
她把一支出嫁时吹得满天喜庆的曲子
最终吹成了葬礼上的悲伤
至于她还吹过什么曲子
此刻都可以忽略不计
当我们把她埋在另一个人的身边时
来自土地深处的风
从此就有了唢呐的声音

2019.3.18

情景：呼吸

想起一个人憋住呼吸
一直躺在土里
我就捏住自己的鼻子　试了试
那时我有着为他报仇雪恨的决心
但最终还是又一次放过了自己
这是一件让我终生惭愧的事
后来　我看见那人拽着一棵小草
来到了地上　向我摇了摇头
我似乎明白了什么
又似乎什么也没明白

2019.8.18

情景：梦见仇人

想起仇人时　仇人是否也想起了你
梦见仇人时　仇人是否也梦见了你
这些你都不能去问仇人
只感觉仇人埋伏在你看不见的角落
风高天黑　昼伏夜出
几次你都把仇人摁死在梦里
可当你第二次梦见时　仇人还活着
只是你不知道　仇人
会不会经常从梦中惊醒

2018.12.21

情景：丢人的事

他从没有给孩子讲过他的爱情
他觉得给孩子讲是丢人的事
但他的老伴讲
她说谁这辈子跟了他
死了没有棺材都行
但她说这话是另一个女人说的
后来这个女人死了
他几个晚上都偷偷地流眼泪
你看他丢人不丢人

她说还有一个女人　她最恨了
在他就要咽气时还来看他
被她挡在了门外
但他却知道谁来看他了
还睁了一下眼睛
都这时候了　你看他丢人不丢人
他走了　她一个人常常想起

他丢人的那些事
想着想着　就把自己想丢了

2013.11.10

情景：火堆

参加完一个老人的葬礼回来
看到他家门口燃着一堆火
几个没有去墓地的人
把他剩下的东西都烧了
那些他曾珍爱过的物件
现在已经没有用了
血红血红的火
让一个村子忍住了悲痛
站在火堆边的一个老人说
有好多东西　早就该扔了
或者根本就不必拿来
火就猛地跳了一下
好像在跟这个老人争辩着什么
人们绕过火堆
并没有向火里扔进多余的什么

一堆火　就在寂静的村口
照亮了好多事物

2018.4.10

情景：风吹

我见过一个人被风吹走的情形

他攒下的玉米 扁豆 也被风吹散了

吹散了的还有场里的陈年草垛

他擦亮的铁锹 编好的背兜

被吹到了别处的墙角

他种下的那几十棵老树

都被吹得换了主人

其中有一棵 在送走他的那天下午

躺在女婿的拖拉机上 抖抖索索着

被拉到了背井离乡的地方

连他的几十亩山地也被吹散了

分给老大的 如今被老大的丈人种着

分给老二的 因为老二搬到了城里

现在还荒着

记得他在被风吹走之前

父亲把欠他的三元钱还给他时

他伸手摸了摸 就放到了枕头底下

现在也不知道被风吹到了哪里
如今　我看见那些顶风劳作的乡亲
仿佛被风吹走的人们
又一个个挣扎着回到了岔里
被风吹乱的野草　在他们的身后
一次次喊着他们的名字

2013.12.22

情景：岔里的一场火

那年　狗剩的麦垛被火烧了
狗剩的脸被烧黑了
看着那么大的火
狗剩说像是麦子在吐血
过了些日子　岔里传出风言
说去年修庙　狗剩少出了钱
狗剩就到庙里放了钱　磕了头
一句话也没说
接着又有传言　说狗剩在他爹活着时
怎么怎么对老人不好
狗剩就到他爹的坟上烧了一堆纸钱
也磕了三个头
还是一句话也没说
之后又有了传言　说狗剩得罪过谁谁谁
总之　是狗剩把人没有活好
但狗剩还是一句话也没说
只把场里的灰拉到了坡上

像是把地里长出来的庄稼还给了地里
第二年　狗剩的麦子长得很好
但对于那场大火
狗剩至今什么也没说
他好像在替一个仇人保守着秘密

2012.12.31

情景：被烟呛出的眼泪

抽一支烟时　我被呛出了眼泪
那是今年过年
我在二姑家的炕头上

二姑从板箱里摸出半包纸烟
那是 8 块钱一包的"兰州"
二姑说　还是我去年来时
留下的　她　一直存着

二姑的意思　是说她心里疼我
可我被点燃的一支"兰州"
忽然呛出了眼泪

往年我总是先看了大姑　再看二姑
因为大姑去年没了
我就在二姑的炕头上
多坐了一会

把看大姑的时间都看了二姑
于是 二姑的半包"兰州"烟
又少了几支
我把该流给大姑的眼泪
都流给了二姑

2003.12

情景：迁坟

天还黑着　弟兄几个已经忙完了
把他们父亲的棺材从地下挖出来
打开看看　然后又埋到另一个地方
像是在转移一大箱子白银

此刻四野寂静　星空低垂
熟睡中的老人一直没有被惊醒
当一只夜鸟从地埂上扑腾腾飞起时
弟兄几个在新的坟堆前悄然跪下
有人看见有一点亮光　在坟旁徘徊
仿佛父亲看见儿子们忙活　打着灯笼给大家照亮
这时如果谁哇地一下哭出声来　天空就会立马变白
但是没有
也没有人知道弟兄们在各自的心里给老人说着什么

2017 年农历四月初一

情景：习俗的事

十月初一　给逝去的亲人们送寒衣
我看见父母表情肃穆　郑重其事
有着率先垂范的样子
但跟在他们身后的孩子们
还不懂得生死
我们的身体里有着足够的活力
那时　父母并不急躁
相信我们以后就会懂的
今天　我就模仿着他们的做法
也在路口烧了一堆纸钱
因为自从父母走后
我真不知道还有什么办法
才能给他们送去温暖
有人说　烧了的纸钱
就会送到那些亲人的手中
我选择了相信

2017.11.18

人物：老钟

据说老钟年轻的时候

曾扛着一袋洋芋种子在河边上走着

忽然看见河边上晕倒了一个姑娘

老钟犹豫了片刻

就从口袋里掏出一个洋芋

给姑娘喀嚓喀嚓地吃了

他再给一个

姑娘也喀嚓喀嚓地吃了

接着　姑娘就坐了起来

给老钟磕了一个头

给老钟的那袋洋芋种子

也磕了一个头

她说　有洋芋吃

怎么会没有好日子过呢

她不知道老钟只是一个长工

只感觉洋芋的种子

已经在她的心里开始发芽

过了几天　姑娘就叫钟婆了
村里人说钟婆好看得像洋芋花
钟婆活到 60 多岁就去世了
可老钟活到快 80 岁了还很精神
此刻　他就蹲在自家的门槛上
守在自己的故事里
吧嗒吧嗒地抽着旱烟
仿佛一片一片的洋芋叶子
从他的脸上轻轻地掠过

2015.9

人物：九爷

当阴阳先生的九爷

一辈子打神骂鬼

那年却跌倒在自家的门槛上

再也没有起来

据说是上门寻仇的鬼

在背后推了他一把

九爷被埋在沟垴上

他自己选定的风水宝地

那地方埋着明朝的一个大员

九爷躺在大员的脚下

好像从此就和大员攀上了关系

好多年后　九爷的一个孙子

考上了大学

村里人都说九爷给自己占了好风水

只是九爷过世以后

村里再没出过阴阳先生

神啊鬼的

就再不和村里人打交道了

2015.9

人物：牧羊人老黑

一抬头　就看见他在山坡上走着
像一个影子
仿佛要把山山沟沟里的每一棵草
都用脚踩遍

岔里人喊他老黑的时候
他是羊群中的一头黑羊
但我相信　羊从不会把他当羊看

据说他打起羊来下手很狠
就像年轻时打他老婆一样
甚至还把羊当人骂
羊和人都很愤怒

老黑的好多事儿
只有老黑和羊知道
老黑不说

羊怎么会说呢

后来老黑死了
据说是一只公羊愤然跃起
把他撞下了悬崖
岔里人只说 唉 这个老黑

在他的一生中
我从没有走到他的面前
和他抽过一根烟
我常常怀疑 岔里是否真的有过
老黑这么一个人

2017.4.30

人物：老黑兄弟

有人说老黑和兄弟不是亲兄弟
因为老黑的脸又黑又长　像他爹
而老黑兄弟的脸又白又方　不像他爹
那像谁呢
老黑听了这话　脸越黑了　他恨他妈
老黑兄弟听了这话　脸越白了
但他恨说这话的村里人
于是　老黑兄弟就在村里做恨事
做到了伤天害理　村里人都恨他
直到他病了　病了好几年
看他的脸黑了　黑得像老黑了
看他的脸长了　长得像老黑了
村里人就说　他就是老黑的亲兄弟
这让老黑兄弟心里更恨
恨恨的老黑兄弟　梦见和村里人打架
被人卡住脖子　黑黑的瘦脸就放出光来
拼命醒来　看见在外地打工的儿子已经回来

就一遍遍恨恨地问　儿子是不是他的亲儿子
儿子就知道他已经病糊涂了
一个风高月黑夜　老黑兄弟死了
村里人看见他蜷曲着身子
墙上满是指甲抠出的血痕
村里人把他埋到村口的沟边上
几年后的一场山洪　却把老黑兄弟又冲白了
那么　老黑和兄弟是不是亲兄弟呢
从此　村里再没有人说过

2021.7.6

人物：包叔

在杏儿岔　石头很少
最硬的是人的拳头
包叔的拳大胳膊粗
他的拳头
一直在我家门口晃来晃去
在他的身后　我一次次攥紧拳头
在炕沿上猛砸
有一次我给弟弟说　咱试试
那年我十几岁　弟弟也十几岁
当我们举起拳头时
并不知道这是在向一个家宣誓
那时　包叔真的吃了一惊
记得撒腿就跑的包叔
身后腾起的黄土淹没了他的背影
时隐时现的一颗头颅
像一只放大了的拳头
他跟人说　好汉不吃眼前亏

硬汉不如跑汉

后来　他主动和我父亲打招呼

还叫过我父亲一声哥

从此　父亲就再没怕过他

父亲去世后　我们去看了他

看他在炕垴上低着头　抽着旱烟

把一张脸都抽黑了

我给他递上一根纸烟时

看见他的手在哆嗦

或许　应该对他说声对不起

可我一直没说

2017.10.21

人物：吴老板

吴老板的工地出事儿了

一个农民工从脚手架上掉了下来

有人说他赔了几十万

赔成了穷光蛋　跳了黄河

有人说他撂下工地一个人跑了

下落不明

也有人说他被农民工的几个兄弟

打了个半死　正躺在医院里

更多的说法是

他被关进了班房

恐怕没个十几年出不来

所有的说法

都对吴老板不利

可那天下午

吴老板忽然来到了村里

这让村里人吃了一惊

他从村口一直走到山坡上

在老先人的坟前

咚地一声跪了下去

烧了那么大一堆纸钱

仿佛要把自己所有的钱

都烧给先人

村里人不明白　不节不令的

他这是干啥

吴老板好像给老先人说着什么

说了那么多

然后站起身来拍了拍膝盖上的土

在全村人的目光下

出了村口

从此就没了消息

2017.5.1

人物：老汪

总是把拴在门口的狗

和坐在炕沿上的老婆混为一谈

狗朝着他叫时

他怀疑他身后跟着什么

但他自己看不着

却骂狗是瞎了眼的老婆娘

老婆朝他叫时

他怀疑老婆身后也有个人

但他看不着

他就骂老婆是一条害人的老狗

老婆年轻时和岔里的几个男人好过

现在他们都不在了

但老汪还记着他们

他想老婆也一定还记着他们

只是他和老婆都不说

至于他对狗的成见

是因为狗居然没咬过他们

其实他不也没咬过他们吗
没咬过就在心里恨
偶然在水桶里看见自己的影子
就汪地叫上一声
水被叫起了一圈波纹
又一圈波纹

2017.9.21

人物：这个人

这个十几岁就出去打工
把出过事故受过伤　作为英雄故事
讲了好多年的人
这个曾每年冬天都给父母拉一吨煤
让父母在他盖的上房里烤着炭火过年
因此老在家里摆功劳的人
这个把自己的褥子从床上揭下来
送给上中学的兄弟
却老在背地里骂兄弟忘恩负义的人
这个后来守着十几亩土地
把地当命　把粮当命　也把钱当命
一直把自己往死里挣的人
这个一生只想给儿子留下几亩好地
再盖上一院砖瓦房
但让儿子必须给他生出孙子的人
这个在他还健康的时候
就操心着要给自己选块好坟地

将来护佑子孙兴旺发达的人
这个一辈子只爱自己的老婆
从没有爱过别的女人的人
这个总说等他老了要去一趟北京
和老婆在天安门前照张相
却始终没有去成的人
这个完成了他人生的几件大事
躺在老家的炕上喊着胃疼
却不让别人知道他已经病了的人
这个最终对着满屋子的亲人
说他满心里都是后悔的人
一句话　把大家都惹哭了

2015.9.8 一稿
2018.8.20 二稿

第六辑

持灯者

写　作

不能让亲人来完成你的一首诗
这是我最近的想法
比如那些年我一直写着父亲
写着写着　父亲就老了　病了
接着写　父亲就走了
母亲也是这样
那些曾走在我诗里的岔里人
也都　个个先后走进了土里
如果土地是一张稿纸
他们都已成为再不能修改的诗句
难道悲悯
也会让亲人们感到疼痛
难道卑微　也会被土地珍藏
那天我给母亲去上坟
整整一天都没看到一个人
岔里干净的土地上
草和庄稼一样寂寞

我担心如果再写它们
秋天就会提前赶到
杏儿岔也就会很快老去
我热爱诗歌　但更爱我的亲人
从此　我要在每首诗里
都写下祝福
愿每一棵小草也都好好地活着

2015.9.16

持灯者

必须撩起衣襟

必须轻挪小步

必须屏住呼吸

必须紧紧盯住如豆的灯光

才能把掩在怀里的一盏灯

从一个屋子端到另一个屋子

那么广大的黑暗

四处都是不甘心的风

母亲说 没有一根火柴了

她贫穷的一生

只有怀里的一盏灯

当另一间屋子亮起来时

我听见头顶的群星在奔走相告

2017.5.28

四月纪事

在母亲的坟院外边
我看见一个放过烟花的纸筒
是今年正月埋母亲时留下的
纸筒里长出一朵阳菊花
模仿着烟花绽放的样子

菊花一年只开一次
母亲你可要记得看啊
就像从此每年这个时候
我们都会来看你一样

四月　是岔里最盛大的季节

二哥忽然说　我们弟兄几个
以后老了　就都会埋到这里
但没有人和他搭话
只有田野的风　吹到我们的身上

在母亲的坟前我们依次跪下
头顶的一朵云就低了下来
突然的雨夹雪　让孩子们
又一次向母亲身边靠了靠

2015 年清明节

母亲节

那年埋在土里的星星
今天全都冒了出来

去年在土里睡着的野草
今天全都醒了过来

风把一朵飞莲　替我种在这里
仿佛灯盏

当我向着一片土地磕头时
忽然明白　地比天高

感谢土地　这么多年
替我照顾年迈的母亲

2019 年母亲节

风雨中

一片黑云从山头上翻了过来

田里劳作的人们　纷纷逃向各自的家门

但有一个女人　她那么柔弱

却非要把一捆柴草背回家

刚刚被闪电照亮的身影

接着就被风雨模糊

但她始终和一捆柴草走在一起

她仿佛听见柴草让她先走

可她没有

她要把一缕炊烟背回家

山路泥泞　柴草越来越重

一次次被风雨推倒在地

她一次次又背了起来

仿佛把那片黑云也背到了背上

当她靠着地埂喘气的时候

一低头看见湿衣服紧裹着的身体

没有人看到她忽然有些羞涩

那时　她的男人已跑回了家
她的毛驴和两只山羊也跑回了家
只有她和这捆柴草
还在路上
这是那年夏天　一件让风雨感动的事情

2015.11.12

温 暖

感到冷了　就躺在你的身边取暖

几十年了　都是如此

是我把你身体里的温暖　一点点取走

在温暖自己的同时

也去温暖我要温暖的人

而且　我还用你的灯盏

把我的灯盏点亮

像人间的两颗星星

照着星光下行走的亲人

有风的时候　亲人们就伸出双手

小心地呵护住我们的光芒

那年冬天　睡在你的炕上

我们就互相照亮着　说些温暖的话

把屋子的每个角落都暖热了

有时什么也不说

只是呼吸均匀　胸脯起伏

让时光的脚步

在我们的身上翻山越岭

再靠近点　我们就听见彼此的心跳了

一颗已经苍老　另一颗即将苍老

母亲啊　想到幸福这个词时

我就只想幸福　不想别的

2015.11.26（感恩节）

母亲的老花镜

人一老　就把远处的事物
看得越加清楚
却看不清眼前的东西了
当我把一张报纸往远处举
再往远处举的时候
母亲就把她的老花镜递给了我
仿佛把她的老也传给了我
这是多年前　我看她
为了把一根线穿到针眼里去
像她一生中努力过多次的一件事
最终被放弃的时候　给她买的
因为这副眼镜　她的眼睛又亮了几年
可后来她说没有用了
有一次　我把给她放大了的照片
也就是那张她去世后摆在灵堂上的照片
给她看时　她远远近近地看了半天
一阵说是姥姥　又一阵说是奶奶

硬是认不出是她自己
我就知道她已经更老了
或许那时　她能看到更远的东西
但她没有说
现在这副老花镜就放在我的书桌上
我多次戴着它　试图看见
母亲曾看过的一切
有时把眼镜转过来
想从眼镜的另一面看看母亲
那双慈祥和隐忍的眼睛
更多的时候我是戴着她的老花镜
替她去看她没见过的事情
比如一本书　或者一首诗
我都是替不识字的母亲看的

2015.10.5

母亲节的阳光

今天　就让我想想楼前院子里的石条上
那几个晒太阳的老母亲吧
好像她们一直都缺着阳光　总是晒不够
她们哪里知道　她们也是阳光
原来是五个人　像五个老姐妹
有时还手牵着手　又像幼儿园的小朋友
白发飘飘　拄着拐棍的我母亲
就经常坐在她们中间　或者和她们走在一起
那时　我喊杜妈　张姨　王姨　还有李老师
她们答应着我　却向我母亲微笑
好像她们都沾了我母亲的光似的
可后来　我母亲再也不来这里晒阳光了
她回到了乡下的一片山坡上
那里的阳光比城里的更加明亮　温暖
还飘着花香和粮食的气息
我不知道她们是否想念过我的母亲
但我却从此有意躲着她们

怕她们说　我母亲的那些阳光　还在那里等她
每想起她们　我就会被阳光灼伤

2017.5.14

梦里的母亲

从没听母亲说过普通话
即使在城里生活的那一年
她也说的是老家的土话
可在我的梦里
她居然学会了普通话
一定是为了问路的方便
一个不识字的农村老太太
才在家里悄悄学的
而且也一定学会了自己买车票
我知道母亲是个聪明人
要是当年姥爷让她念几年书
她一定是家乡的一个杰出人物
当然她也就不会遇见我的父亲
我告诉她　这几年我很想她
也很想我的父亲
我给他们写了一本书
她说她知道

我让母亲回去一定问父亲好
母亲笑了笑　答应了
说普通话的母亲　那么精神

2017.12.2

落霜的日子

搅在昨夜的月光里
像春天把白花花的化肥
撒在地里
霜从后半夜开始飘落

一夜辗转的父亲
向我身边靠了靠
我知道　此刻的浓霜
已经落满了屋顶

一大早父亲走出门去
像一棵庄稼在地边上走着
他要弯下腰去
把落在风霜里的树叶
扫在一起

2010.4

那年冬天

那年冬天　岔里的山山坡坡
都冻得脸色青紫
天也青紫　树也青紫
冒着炊烟的屋顶是青紫的
从高处落下的一场雪
刚开始时也是青紫的
我也一定脸色青紫
说出的每一句话　青紫
呵出的每一口气　青紫

那天　我刚从城里回来
见着岔里的男人
就给每人点上一根烟
看烟在他们的嘴上哆哆嗦嗦着
飘过一张张青紫的脸
遇着岔里的女人　我就笑笑
她们青紫的笑容　那么冷

忽然看见一个衣着鲜亮的人
脸色也是青紫的

当我推开家门时　看见父亲
在院里打着家具
他要为我二哥结婚做好准备
他青紫的脸色　像手里握着的斧子
多年后他去世的时候
也是青紫着脸色
一定是那年的冬天　把他冻透了

2018.9.2

布　谷

再过些日子　山坡才可以绿透
春天像是刚刚出门的样子

再过些时辰　院子就要空寂下来
家里剩下的人　就要离开这里

那时　我的父亲去世不久

当我刚把一只脚跨出大门
就听见屋后的杏树上　布谷叫了一声

有一根钉子　把那时的情景
钉在了老家的门槛上

2016.9.17

父亲的骄傲

儿子小时候学习好　他在岔里走路步大
儿子考上了中专　他在人前面说话声大
儿子有了工作　他见人就发好烟
儿子当了一个小领导　他来人就端好茶
直到病了　有人去看他
他说　儿子给他请了好医生
儿子给他买了最好的药
儿子好长时间没有回家了
他给别人说　儿子天天给他打电话
直到病得皮包骨头了　还要给儿子活着
一个热爱了一辈子土地的父亲
他的骄傲　是儿子走出了这片土地
可他一直不知道　儿子并不是为他活着

2018.4.16

那天的太阳

七彩的蜡笔还在孩子的笔盒里
七彩的线团还在母亲的簸箩里
七彩的花朵还在故乡的山坡上
但七彩的太阳　那天却只是一个空空的颜料盒
像天空的痛点
像一个人　是一片土地的痛点

从此　我知道幸福有七种颜色
疼痛有七种颜色
怀念也有七种颜色

2021.5.18

节日，致父亲

此刻　窗外是满天礼花
活着的人正在过年
此刻　你一定心有不甘
想起有关你的好多细节
我的良心就又一次发现
当我刚刚学会爱你的时候
却已经成为怀念
父亲　过年的时候
是该说说些吉祥的话
也祝你在那边　春节愉快
四季平安

2014.2.15

那些好词好句

像一个旧时的儿子　在遥远的地方
一直给父亲写着书信
写那些珍藏在民间的好词好句
五年了　当我又一次来到父亲的坟前
把其中的一封念出来时
山高天低　杏儿岔寂静无声
父亲未必知道　他含辛茹苦的一生
就是在走向这些高大而闪光的词语
那时　满山的野草　都像举行着仪式
随我一起跪着的人们
个个神情庄重
虽然我的信是念给一个人听的
但我不拒绝让他们听到
只是我一回头　就看见树影移了过来
有几个人的背上　像背着荆条
接着　我们就沉默了一会

给地下的父亲磕了三个头
每一次磕下　都像一首诗的标题

2017.5.12

父亲的雪

真不想打扰这雪的安静
更不想弄乱这雪的均匀
但当我在父亲的坟前站起时
雪还是凹凸不平了
像一团风在那里激烈地刮过
或者有个人在那里跌了一跤
有一些雪粘在我的膝盖上
像两块白色的补丁
我知道它们会慢慢地化成雪水
为了自己内心的安宁
我又一次愧对父亲
离开那里时只有脚下的雪
一路上叮咛着我

2019.3.17

有些字

我开始对有些字敏感起来
是父母去世以后的事了
不管在哪里　只要看到
父亲名字中的　一个字
我都会立刻想到父亲的名字
从而想到父亲这个人
和他的一些生命片断
而看到母亲的名字
就会马上想到一种植物
和母亲与这种植物的共同品质
有时我会向这些字行注目礼
有时我会在心里向它们鞠上一躬
好像这几个字　就是我的父亲母亲
它们在哪里　父母的牌位就在哪里
有些字　与我的基因有关

2017.9.28

有些日子

曾经有一些日子

钉在老家的日历上

那是我必须回到乡下的日子

那是过年　那是中秋节

那是父亲母亲的生日

现在　另一些日子钉在我的日历上

我还是必须回去

但那是清明节

那是父亲母亲去世的日子

现在的老家

是一座日子的博物馆

2018.4.10

这些年

离开父母之后　我一直都在努力
不要成为他们的样子
可有时候　一个眼神
一个细小的动作　我分明就是他们
比如每次吃饭　我都把碗抱在怀里
这多么像母亲
痛苦时的表情像他们
高兴时的样子像他们
忧伤时的一声叹息　也像他们
有时像父亲　有时像母亲
越老越像
这说明他们还在我的身体里活着

2018.9.2

烈　士

我终于明白　父亲的去世

应该叫作牺牲　或者就义

在杏儿岔的战场上

他率领着野菜　打败了饥饿

他指挥着自己的骨头

战胜了疾病和不幸

他一次次大吼着

粉碎了来自背后的阴谋

他命令妻儿老小

一次次打退迎面而来的冲锋

阻击战　阵地战　突围战　保卫战

一场又一场的战斗中

身上留下了比岁数还多的外伤

和内伤

但几十年坚守阵地　寸土不让

有一次　他把咬碎的牙齿

咽到了肚子里

至于他让我突围而去

是想寻求一种救援

可当我回来的时候　战场上一片狼藉

我看到了他的殊死搏斗　那么惨烈

我却没能救下宁死不屈的父亲

从此　每一场战斗

父亲都是我们英雄的旗帜

2018.5.20

第七辑

祖河传

上沟和下沟

上沟里埋着祖先

下沟里住着后人

上沟里流下来的山水

吹出下沟里的树根

岔里人就看到了一些地下的事情

上沟和下沟

像一根扁担挑着的两个筐

有时上沟重些　有时下沟重些

一个人走到上沟和下沟的中间时

心里有些犹豫

月光很亮的晚上

有人在下沟起舞

唱着祖先的歌谣

上沟和下沟就都在月光下晃悠

2015.10.19

那坡山小传

有人看见八匹高大的骡子
从山的豁岘里走了过去
走在骡子前面的那人
马刀上挽着一匹红绸子
他要从很远的四川驮回茶叶和盐
可回来时手里只提着一根鞭子

多年后　我的父亲从那坡山上下来
后面跟着我的母亲
夕阳下的那坡山浮着一片红晕
可当他们走进山下的家时
屋里已经黑了
一盏油灯下　他们开始渐渐变老

有一次　母亲被月光惊醒
看见一只白狐狸夺门而出
蹿向那坡山

山上就像落了一层薄雪
这件事一直让母亲耿耿于怀

后来　我看见当民请教师的堂叔
在豁岘上忽然蹲下身子
双手捂着自己的胸口
风把他蓬乱的头发
吹成了山坡上枯黄的柴草
他去世的时候　我听见他的胃里
像放着一本书
被风吹得哗啦哗啦地响了几下

那时　我望着那坡山的脊背
希望它能转过脸来看看岔里的人们
可它一直背对着我们

当我一口气翻过了那坡山
那里就成了我的老家

2015.10.13

喇嘛墩小史

喇嘛墩上起黑云
岔里人的脸就黑了
黑云里裹着白雨　白雨里带着冰雹

有人在那里作法　天也在作法
喇嘛墩上的黑云
像是天上过着队伍

这一年　杏儿岔连着下白雨
有人半夜听见蛇来拍门
越墙而逃　留下一座空院子

这一年　有人遭了雷殛
岔里人就担心有一双眼睛
总在暗中盯着自己

用土炮轰云　是人对天的报复

岔里人看见头顶的闪电
在哈哈大笑

后来我们在喇嘛墩上烧生灰
就是把黄土烧成红土
地上升起的黑云就被天空收留

把生灰背到地里的时候
我们就像是在四处放火
现在已不记得那年的收成

2015.10.7

老宅子里的最后那个人

请为这个人点亮烛光吧
在他的脚下
并请烛光开路

请把他的影子卷起来
放在他的身边
这是他唯一的行李

此刻　一块巨大的磁铁
把散落在各处的铁屑找了出来
所有活着的亲人
都是他的灯

此刻　所有的时光
都是一把柴火
灰烬　落满家谱

此刻 他已成为一段黑色的文字
但极其简略
在枝繁叶茂的家族里
仿佛一根折断的树枝

此刻 细想他的一生
就是守好这里的故事和传说
等着所有从老宅子里走出去的人
一一回来

从此 这里将不再升起他的烟火
请大家吃好喝好
也可以高声喧哗

此刻 别忘了也给他写一篇祭文
文章要写得文白相间
念的人要抑扬顿挫 仿佛古人
最好用土话念
才能声情并茂
当然 文章一念完就会被烧了
烧了 就什么都没有了

酒三盅 茶三盏
火一堆 人一行
吆喝一声起棂了

唢呐便开始大声地哭喊
但天空依然没有表情
土地依然没有表情

下葬了
火在他的坟头前欢腾着
直到累了　熄灭了
村里人拍了拍身上的土　说一声好了
就往回走

好了
一个死在低处的人
被大家抬到高处
埋了

好了　老宅子里的最后一个农民
作为一个标记
印在了几代人劳作过的土地上

好了
天光大亮
像无边的白火

2020.10.12　一稿

2020.12.6　二稿

庄窠传

坐北向南　这是最好的风水
老人们说　必须这样　这是上房
四季的门口　迎着阳光　也迎着月光
至于星光　随便怎么落都行
长年刮着的西北风
一直在屋子的背面猛扑
累了就歇一会　再扑
风雨是这样　风雪也是这样
门前的雪化了　屋后的还在
春天一到　人们就把暗处的雪忘了
风不相信一间土坯屋就能挡住它的去路
绕到屋子前面的院子里
咣当咣当地推着木板门和纸糊的窗子
窗子装上玻璃了　还是使劲地推
不知道风想到屋子里来干什么
土和草屑　但凡能被风吹起的
都被吹得找不到方向了

但屋子　像一个人抱着头蹲在那里
任风怎样拳打脚踢　一动不动
或许动了一下　只有屋子才能感到
这时　谁顶风出去　风就会被激怒
但人必须去给圈里的毛驴添些草
毛驴已叫唤了好久
还必须抱些柴火　挑一担水
这样的天气　风容易把肚子吹空
再拣一些被风刮断的树枝
让就要熄灭的炉火　重新旺起来
然后才可以拥着被子在炕上暖着
或者把手伸向炉筒　把脚伸向炉壁
胸口向着炉口
这是在冬天　而在其他季节
风就被人们一次次摔倒在田野上
落荒而逃
此刻　炉子上架一个麻雀一样大的陶罐
里面熬一把大叶茶　慢慢呷着
回味无穷的苦涩
听着风声　想想眼前或远处的事
屋子就由此变黑　从里往外黑着
一个人也就黑透了
糊墙的旧报纸　墙上的年画　几张奖状
和镜框里的照片　也就色泽暗淡　日渐发脆
（后来　我把照片和奖状夹到书里带走了

带走的　还有父亲写给我的信
那些他去世后我才收到的信
用满篇错别字和不通顺的句子
告诉我关于土地　关于老屋的事）
而大风　带走了饭碗摔到地上的声音
婴儿的啼哭　梦中的呻吟　长久的沉默
还有灯光下人和神的对话　和祖先的交谈
以及与鬼魅的较量
（我曾跪在那里写诗
写完一首　就和大风一起朗读）

想起老人们说过的家史　就长叹一声
最近的历史　是一位祖先　用一根榆木扁担
从那么远的路上　把一个家担到了杏儿岔
开荒种出第一茬糜子
一个秋天就在担惊受怕中过去
当年在后山上住过的地方　还能看到遗迹
（有一年春天　我去那里拍过照片
塌了一半的窑洞　仿佛还有当年的呼吸）
有人在窑前的地里劳作　捡到过一枚银元
可不知那天的哪一次弯腰　银元又丢了
摸遍了半片山坡　摸遍了每一棵野草
一直摸到梦里　都没能找见
那人后来说　祖宗不留给我们的　终究不给
就像这屋子　就得自己黑汗白汗地垒起来

每垒一次屋子　就多出一户人来
每次老人都告诉子孙　人这一辈子
老子欠儿子一个媳妇　儿子欠老子一口棺材
各还各的债吧
（还债的过程　就有了悲欢离合的故事
有人在心里结了疙瘩　一结就是几辈子）

第二间屋子坐西向东　叫作西房
屋里一半是土炕　一半是粮仓
炕冷了热了　粮少了多了
风照样吹来寒冷　也吹走天上的云
（炕上出生的孩子　听见人间说着土话
看着窗台上亮着灯盏）
站在门口就能看见那坡山
上午的山黑着　中午的山亮着　傍晚又红着
有人过了豁岘　不知去了哪里
有人从豁岘上过来　进了家门
有人在那里放羊　耕地　铲草胡子
有人站在山上　和远处的人吵架　妙语连珠
有人在山坡上打架　连滚带爬
围观的人像是看一场比赛
即使刮着风　下着雪　或者黑灯瞎火
一年四季　山上都有人
（山的背后有曾经的大队部　现在的村委会
曾经的代销部　现在的小卖铺

曾经的赤脚医生住在山背后

曾经的大队学校　也在山背后

我在山背后的学校念过书

那是我小时候去过的最远的地方

此后　每走远一步

父亲都要坐在上房的炕上　和我彻夜长谈一次

而母亲总要流一次眼泪

当我迈着被人踢折过的伤腿　背起这里的记忆

走出杏儿岔的视线

躲在大风背后的人们　不知道我要去干什么

多年后　我只要梦见从豁岘上过来

风就会把我从梦中吹醒）

坐东向西的是厨房

一片炕　一口灶　人和灶王爷住在同一个屋里

有时风在屋顶上刮着

就把炊烟又吹回到屋里

灶口里喷出的火　燎了人的眉毛

有时锅里冒出的热气　弥漫了屋子

风箱的声音　像一个人在雾中行走

从灶台前转过身来　就可看见西边的山崖上

有人背着手走了过去　影子总那么黑

有的可以按照辈分称呼

有的可以直呼其名

有的可以喊其绰号

有的则希望风把他从崖上刮下去

刮到崖下的旧羊圈里

有位先人　年轻时在那里的一棵花椒树上上吊

树枝断了　就活了80岁

（我曾在厨房的炕上　为一首诗辗转反侧

暖热了后背　冷了前胸

热了前胸　又冷了后背

一大早　就听见上房里捅炉子的声音

和扫院子的声音

不知道除了雪　夜里还有什么落在了院里）

在厨房和西房的两边　各有两间草苫子

第一间堆着铡好的驴草　放着犁铧　锄头　铁锨

收藏了一家人的农耕印记

（后来堆着过冬的煤　其中的几块

至今在风化中等待着燃烧

自从父亲去世后　没有人会想到

这些石头里还藏着温暖

直到有一次我们去给母亲烧纸

风雨把我们逼进了屋子　饥寒交迫中

我们烧掉了其中的一块）

第二间关着几只鸡　只要撒一把秕子

公鸡就打鸣　母鸡就下蛋

（有一年　一只鹰俯冲下来

在鸡圈里碰伤了翅膀

一家人就把一只鹰当成鸡来养

鹰飞走的那天 人和鸡都仰着头

朝着天空看了半天）

另一间 丰收的年景当过粮仓

但人多数时候空着

那里就成了老鼠的家园

还有一间 人多的时候也住过人

只是窗户下开着炕洞 炕烟钻进来

让人夜夜做着浓烟弥漫的梦

（ 我曾把一些带回家的旧书存在那里

蜘蛛和灰尘替我保管了多年

但有一次回去 实在太冷了

我们用书点火 熬过了一个长夜）

所有的屋子围成黄土的院子

院子里唱过社火 风把纸糊的灯笼点燃

有人在院里跌过跤 跌成了骨折

院子里也曾跪满过人 在唢呐声中磕头

院子里也曾晒过包谷 麦子和过冬的白菜

有时阳光像雪 有时雪像阳光

有时风像脚步 有时脚步像风

院墙上落过麻雀 落过喜鹊

也落过猫头鹰

有人在夜里听见

谁趴在墙头上喊过一个人的名字

从屋里出来　走过院子·　走到大门口
有人走了整整一生
（我没有出生在这里
我出生的窑洞　在别处早已坍塌）

过年的时候　是院子里最喜庆的时候
母亲每年都这样告诉我们
过年穿新的　一年不缺穿
过年吃好的　一年不缺吃
过年不生气　一年就高兴
过年不说疼　一年不生病
那时　不识字的母亲
还要我们在红纸上写下一年的祝福
在炕垴上贴身体安康　在上房门贴四季平安
在粮仓上贴五谷丰登　在灶台上贴饭菜飘香
在大门口贴风调雨顺　在驴圈门贴六畜兴旺
在门外的老树上贴出门见喜
再挂上一盏红灯笼　贴上国泰民安
请温暖的灯光　把一家人的幸福照亮
这时出门在外的人都得回来
我们一起给祖先磕头　感谢他们的护佑
还要给健在的老人磕头　祝他们健康长寿
在孩子们的肩上拍一拍　愿他们天天向上
给全家人作个揖　祝每个人一年吉祥
这样的年　我们过了好多年

好多年后想起来　眼里却充满了泪光

门口的一棵柳树和一棵杏树　大风中抱在一起
风过了　还在一起抱着
杏花飘过了　柳絮再飘
但秋天到了　却一起落叶
旁边的一堵墙　被那年的雪水泡塌
像一位缓缓倒下去的老人
还有一棵老柳树　空心了　枯干了
但还一直站在那里
（老树满身的裂纹　像神秘的文字
我无法把它们翻译出来）

远处是岔口上的庙　和庙前面的河
先人们在庙里烧过香　就去河里担水
那时　杏儿岔像一个巨大的簸箕
三面环山　簸箕里颠簸着低矮的屋子
和默默走动的人影
有人跟着河流奔走　至今没有回来
（走得最远的那个人　见了大海
说家乡的小河有着和大海一样的味道）
也有人不断出去　不断回来
他们是被称做有出息的人
从杏儿岔出来　第一天就翻过了华家岭
第二天到了西巩驿　第三天到了景家店

第四天到了甘草店　第五天就到了兰州城
曾有人一路上与官府周旋　与土匪交锋
用几匹骡子驮回了盐巴　布匹　茶叶和水烟
也有人把儿子留在了兰州念书
而那些没有出过远门的人　只能看到南山
只知道山脚下是县城　三六九日逢集
早上出去赶集的人　披着星光才回来
后来有载重汽车的声音　溯河而上
半夜醒来的人　就竖着耳朵听上一阵
也听见毛驴还醒着　打了一下喷嚏
把那么黑的夜色打了一个窟窿
侧过身　有人继续睡去
有人则在大风中　一直醒到天亮

杏儿岔 8 号　是一个小小的门牌
钉在大门的门楣上
（钉这个牌子的时候　我已不在那里
只有褪了色的门神　还寸步不离）
但岔里人从不看门牌　谁都知道
这是三爷家　三爸家　三哥家　老牛家
只是作为一个堡垒　坚守了三代人之后
被自动放弃　子孙们撤离而去
当然牺牲是巨大的　年老体弱和负了重伤的
都没能撤出来
（我的撤离　是被看成胜利的撤离

但我今天　却感到失败的痛心）
风　依然把大门推得咣当咣当地响
听见院子里树的咆哮和草的脚步声
以为有人还在这里
（当我决定写下这首诗　是因为我要告诉人们
这是我在梦里　和亲人们相聚的地方
也是这么多年　一直存放我诗歌的地方）

2020.2.29　一稿

2020.7.26　二稿

祖河传

一

我加入他们的时候　他们只有几个人
每个人走的路程不一样
但他们那时走在一起

那天　黄沙蔽日　诸神奔走
在一座破败的庙前
他们找到了一条河的源头
他们的欢呼和野兽的悲鸣
交集在一起

那天　母亲躺在干净的黄土上
我听见她的血　渗入黄土的声音
像一家人在悄声议论着什么
她微笑着
但满脸都是泪水

那天   天地没有任何预兆
我无法知道自己的前途
母亲只将一把将熟未熟的扁豆
揣在我的怀里
我就跟在了他们后面
但我忘记了那是哪年哪月的哪一天

二

我们的队伍里有一个童养媳
有一个富家小姐
还有一个被剪过辫子的男人
和一个曾经走南闯北的脚户
那时   一条河的声音
就是我们的喘息
我们一直沿着河走
像一队雨前奔走的蚂蚁

我们遭遇了烈日   暴雨   风雪
也遇上了巫师   鬼魅   神灵
有的坎   过了几次   才算过去
有的路   走了好长时间   才走过去
我们比时间走得更慢

三

五月的一个深夜
我们中间最老的老头死了
他腰里系着冰草绳的黑色背影
像一棵大风中的老杏树
在我们的心里摇晃了多年

他知道这支队伍的来路
他告诉我　他的太爷爷背上留着一条刀伤
他的爷爷胳膊上有绳子绑过的血痂
他的父亲腿上有一块土匪烙的疤痕
他是接着他父亲的路走的
他的脚指甲都破成了碎片

他说到了皇上　州府　县衙
说到了日蚀和月蚀　大旱和地震
以及时疫
说到了打仗和改朝换代　以及逃荒的乞丐
也说到了一棵大槐树的秋叶飘零

当我们把他埋在土里的时候
就埋掉了一本用繁体字书写的家谱
本应该在他的坟前立一块碑
刻上他走过的路程

可我们手里没有一块木板　也没有一块石头
甚至没有放上一束野花
好在后来有那么多的花开在他的周围
土地替我们做了我们该做的事情

一个见证了绿色的饥饿　白色的寒冷
和黑色的疼痛
以及出生的平淡和死亡的麻木的老人
他说他是一个受苦人
我不知道他到底活了多少岁数

四

有时我们并不看河
但知道河里流着晚霞
或者乌云
我们常常忘记一条河的本色

有人被石头绊倒时
河并没有停下来等等
是一个女人　掬起河水
这才看清有人长了一张树叶的脸

跟在苦苦菜和苜蓿的身后
背着粮食的秸秆和蒿草

倒影在河水中的我们
衣衫褴褛　形销骨立

有一天　我看见河面上倒映着旗帜
原来我们一路上听到的
都是风扯大旗的声音

我们中间一个前去探路的人
一走就再没有回来
据说他给一支扛枪的队伍去扛旗
风大时　他小小的身体
被一面旗带着飞了起来
他落脚的地方　后来被我们路过

五

趴在河边　拨开漂浮的柴草
我喝了一口河水
一条河　就在我的身体里
羊群一样哀叫
仿佛有鞭子·在驱赶着它们

但我们每个人的口袋里
都装着一张护身符

六

河水忽然汹涌起来时
大地忍不住呻吟
那时　河面上漂着一个白色的女人
仿佛她率领着浑浊的河流
要去干一件复仇的事情
但我们只关心河里有我们所需要的东西
只是无法把它们捞出来
我们没有一个人会凫水
后来　有人弯下腰去
捡起脚下的一个泥疙瘩
里面竟是一个拳头大的金蛤蟆
我们的口就张得比蛤蟆还大
午夜时分　我们做了一个共同的梦
太阳升起时　我们把那只金蛤蟆
又放回了水里
但我们谁都没有把这个梦说出口

七

为了走更长的路　我们让忧伤的唢呐
吹出欢乐
我们迎娶了一个个赤脚行走的女人

她们健硕的乳房　像提着两桶米汤
从她们怀里放到地上的孩子
蹒跚几步就可以奔跑
她们被风吹起的长发　就是黑色的炊烟

虽然又走丢了一位老人
但接着又迎来了几个孩子的出生
十几人之众
已有浩荡之势
那时　我们的脚步声
比河流的声音铿锵

八

风雪中　躲进一间草屋
我们把随身携带的字纸烧掉
短暂的温暖中　纸都成灰了
但字还闪着红光
我听见　封冻前的河流
把这些字读出了声来
从此　我就相信　字要比火活得长久
从此　我们想念走丢了的亲人时
就把想念写在纸上
然后烧掉

并对那些文字磕上几个头
我们想对神说话时
也是这样

九

白天　一抹蓝天和一片黄土
晚上　一天星星和一片黑暗
黑了明了　阴了晴了
天　地　人　神
一路同行

我们带着社火　也带着秦腔
还随身带着纸剪的神像

乌鸦和喜鹊交替出现
乐极生悲
悲极生乐

有时　我们走在阳间
有时　却走在阴间

走过一座座村庄
仿佛走过一个个朝代
但驮着圣旨的马匹却飞驰而过

一次次把蓬头垢面的我们
抛在身后

我们只与一条河流
血脉相通

十

在河流拐弯的地方
有人领着自己的女人和孩子
从我们的队伍里走了出去
背着锅　端着碗
跟着他们头顶的一朵云
越走越远

不断有孩子出生的队伍
不断有人离开
我们把这样的事叫作树大分枝

当然　我们也吵架　也打架
只是打断了骨头还连着筋

大风起时　会听到他们的消息
朝东的　遇见了旭日
朝南的　看见了大海

朝着别的方向的
后来多次改变过路线
……

十二

几支队伍第一次聚到一起的时候
是又一个人走不动了
他是我们的头人

这些只记得农历
从一个节气赶往另一个节气的人
跪倒在北方的寒流中

那时　头人就躺在河边的一间屋子里
仿佛他只是在门口跺了跺脚
跺掉了脚上的血和泥土
就走到桌子上的相框里去了

那时　大雪埋住了河流
落日　回到了河的源头

想起他轰轰烈烈的一生
为我们出生入死
最艰难的时候　只有两个人

却为我们守住了道路
我们就用集体仰天大哭的方式
把他留在了一个叫作故乡的地方
从此　那里就成了我们心中的庙宇
在一些特殊的日子里
我们就会朝着他的方向
跪下

十 二

从此
我开始走在队伍的前头
每走过一段难走的路
我都要在河边放上一疙瘩土
双手合十　默默地说些什么

我们遇见的陌生人
都说我们走过的路上五谷丰登
他们要回去收获庄稼
但我们用脚步盖上印章的土地
大风却吹没了我们的足迹

十 三

疲惫不堪的日子

我回到母亲住过的屋子
那天夜里　远处的人们看见
屋子门口　有几盏灯笼游弋
只有我知道　那是谁打着灯笼
亲人们向着漆黑的旷野
和无声的河流　一遍遍喊我的名字
那天夜里　我羞愧难当
那几年　我把魂丢在了路上

十四

秋风乍起　吹向我们的身后
沿着河走　我们就是先驱
一路上　是河引领着我们前行
现在　我们要把河带向远方
我听见河水　答应了我们

2018.7.27　一稿
2018.8.11　二稿
2020.7.31　三稿

关于诗歌的片言只语
（代后记）

一

　　关于"诗歌"的定义历来莫衷一是。据杨鸿烈在他的《中国诗学大纲》中统计：我国关于诗的不同说法，竟达 40 种之多。而美国诗人卡尔·桑德堡从西方人的角度列举了 38 种不同的诗的定义。正如别林斯基所说：只要两个人碰在一起，互相解释他们对"诗歌"的理解，原来一个人把水叫作诗歌，另外一个人把火叫作诗歌。

　　多年来，我认同的观点是我国明代诗人徐渭的说法，他说：倘能如冷水浇背，令人陡然一惊，便是兴观群怨之品。

　　也有人说，诗的好坏可以由这首诗沿着人的脊椎所造成的震颤而定。和徐谓所见略同。

二

　　诗人也是人，他们是人群中有诗歌写作特长的人。但他们不是技术人员，他们只能是被称做诗人的人。

伟大的诗人是因为他们创作出了伟大的诗歌。伟大的诗人是少数，平庸的诗人是多数。诗人中有李白，也有杜甫；但更多的诗人，他们既不是李白，也不是杜甫，他们平常地生活着，平常地写作着，正如世界上没有相同的两片树叶一样。

诗人的责任是把诗写好。

三

对于诗歌名人的逸事，我建议在文章的标题前打上"危险动作，请勿模仿"，或者"专业动作，模仿危险"的字样，以警示诗歌的写作者们。因为好多的名人逸事，我总感觉创作的成分太多。即使是真实的故事，模仿也是无益的，比如"李白斗酒诗百篇"本来就有点玄，况且李白只有一个，不是人人都可以当李白的，不是人人喝醉了酒就可以写出李白的诗的。每个人有每个人的创作方式和习惯，比如我，就只能在安静下来时才能写出诗歌。

四

我是一个被文字养活的人。文字是我的粮食和亲人。我生活在祖国西北的那片黄土地上，那里是人类的一片高地，那里是需要诗歌仰视的一片土地。

这些年来，我无论走到哪里，故乡的泥土就在哪里，故乡的四季就在哪里，生长在泥土中的故乡的神也就在哪里，我的诗歌也就在那里。

在自己内心的土地上耕耘，不看天色，只管劳作，成了我的一种秉性。在这一点上，我和我的父亲几乎没有区别。只是我把辛辛苦苦收获的一粒粒"粮食"码在一本薄薄的诗集里，然后，顺其自然。

五

有时也会被自己感动。

但我一直坚信：我所经历过的幸福不是此生最大的幸福，但已经历过的苦难一定是这辈子最大的苦难。

感恩幸福，但不抱怨苦难。

有时抚摸着自己的诗稿，分明感到这是一层又一层心灵的老茧，看似平淡，却是经历了很多很多次的磨砺。

有一天，我终于明白：诗歌是活出来的，而不是写出来的。

六

我只选择那些平静的、温和的、朴素的，但带着体温和心跳的词，那些善良的、有教养的词，那些带着泥土的气息和人间烟火的词。就像选择爱人。

有些词是忧伤的，它们来自一个人感受大地的方向。

七

在一个叫兰州的地方，我已生活了好多年。上班、下班、奔波、操心、写诗、睡觉。聚会很少，朋友也很少。对伤痛咬咬牙，对收获微笑一下。和诗坛若即若离，对生活持一颗平常心。自从父母离去，我就没了老家，逢年过节时却有了一种没有牵挂的孤独。

感谢诗歌之神！这么多年来，是她一直陪伴着我，相濡以沫，不离不弃。

我赞成这样的观点：诗歌首先是为自己的，其次才是为他人的，然后才可能是为人类的。

诗歌永远只属于人的灵魂，而不属于其他。

八

有人说，一滴水可以反映出太阳。

有一年，我在甘南的拉卜楞寺，恰逢一场夏雨，我从每一滴雨水中看见了佛。

有一年，我在乡下老家，我从每一滴雨水中看见了亲人的脸庞。

一首诗，就是一滴雨水。

九

前人的意义，在于给后人提供了一种参照。向前人学习，就是学习他们的成功之处，包括继承他们创造的优秀文明成果，同学习一样重要的是还要吸取他们失败的教训，就是前车之鉴。别犯前人犯过的错误，这一生可能就会少走许多弯路。写作是这样，做人也是这样。

十

在乡下，一个人在广阔的天底下干活，四野无人之时，或者一个人摸黑走夜路时，往往会忍俊不禁地歌唱起来，扯开了喉咙毫无顾忌地唱，不管是民歌，还是戏剧片段，都和他此刻的心境完全吻合。有时候，是他即兴唱出的旋律，即兴编出的词。那时，一个人最容易想到自己的境遇和心思。自己唱给自己，或者唱给山川草木。我相信优秀的诗歌和音乐大致就是这样诞生的，不带有任何表演性。

十一

我看到过风霜雨雪的光芒，看到过树木花草的光芒，也看到过毛驴和牛的忧郁但明亮的眼神，看到过庄稼的灿烂和辉煌，更看到过一个人身上发出的光芒，甚至从乡下人的话语中感受过光芒，我常常被这样的光芒打动。

当然，我也经常被文字的光芒打动。

诗歌应该是一条河流，带着我们这个时代所有生活的光芒，一路奔流不息。

十二

好多人在一直努力去读懂别人，但少有读懂自己的人。诗人必须是善于读自己的人。读自己就是读生命，读生活，读社会，读这个时代。每个人都生活在当下，没有任何一个人是生活在真空。读懂了自己也就读懂了诗歌。在诗歌中打开自己，也就是打开了世界。

十三

有一次在出差的火车上，我有了这样的想法，以一条河流隐喻的方式来写·写家族的历史。待写出来，却发现自己早已漫向了时间深处，一首诗已包括了对民族、时代、历史的呈现和思考。由此，我认为一首诗可以从小处着手，从"私人化"开始，但不应是封闭的、保守的，最终要写出开放和辽阔的景象，要有"公共书写"的属性。

十四

一个写作者，可能在某一时段有一个相对稳定的表达方式，随着自身的文化积累和人生阅历的增加，必然会有改变。

但不必急着"突破"，就像孵小鸡，过早突破，必然造成作品的不成熟。一个认真的写作者，必是在不断前行的路上，前行就是突破。

十五

诗歌需不需要感动人呢？这似乎不是个问题。如果诗歌连感动人都做不到，那就是没有完成艺术使命。当然，感动人不是诗歌的唯一标准，首先必须是诗歌，是艺术的诗歌，同时具备打动人心的艺术效果，这样才能启发人、感染人。

尽管文学创作可以有多种多样的风格，但为人的精神创作是不容置疑的，不管是"下里巴人"，还是"阳春白雪"。

十六

一个诗人不可能一辈子只写一种题材，不管写乡村还是城市，都是在讲述时代，表达的是一个写作者对生命的深层体验，好比我们的身体对疼痛的感知都是一样的，并不分农村人和城市人。因此，我不同意给一个诗人贴标签，如同我们不能因为鲁迅写过《闰土》，把他标记为"乡土作家"一样。诗人们更不要给自己贴标签，从而束缚自己。

十七

一个人总说自己问心无愧，是很可疑的。或许我曾经说过，那是因为年轻的幼稚和浮夸。随着年岁渐长，越活越不敢说了，而且越活感觉对这个世界的愧疚越多。对亲人愧疚，对朋友愧疚，对故乡愧疚，也对诗歌愧疚，有时也觉得对自己愧疚。因为愧疚而反思，而改变活法，而改变写作。

十八

有人问，我的诗歌里写了些什么。细细想来，我一直在写着我对这个世界的请求：

请求从地上删去陷阱和坎坷，把路留下；删去荆棘，把花朵留下；删去洪水，删去地震，删去瘟疫和战争，也删去沙尘暴，把日子留下；删去蚊子，删去苍蝇，也删去老鼠和臭虫，把蜜蜂留下……

请求从天空中删去多余的乌云，删去电闪雷鸣和冰雹，删去多余的风雪，把阳光和雨水留下……

请求从人间删去伤痛，删去贫穷，删去背叛和谎言，删去悲戚，删去呻吟，删去哭，把微笑留下；删去失眠，删去噩梦，删去恨和诅咒，删去恶，把善良留下；删去所有的嘈杂和污浊，把鸟鸣留下；删去天下所有的坏心情，把好心情留下……

还请求删去一个人体内的疾病和他心里的黑，删去他的过错，删去他身上的脏，但要把爱留下；当然还要留下他的笔和纸，把诗歌留下……

这么多年，世界或多或少答应过我。

2021.7.12 兰州